ABOGÁU DE CALEYES
Sainete de ambiente asturiano
en tres actos y en prosa,

original de
Manuel Antonio Arias García
(Antón de la Braña)

fronda
ediciones teatrales

© Fronda ediciones teatrales
e-mail: palominomanuel@uniovi.es

Texto: Manuel Antonio Arias García
Todos los derechos de representación escénica
© herederos de Manuel Antonio Arias García, 2020

ISBN: 978-0-244-56541-1

Dramaturgia Asturiana. Textos rescatados; 25

Colección coordinada y transcripción por:
Manuel Palomino Arjona

Manuel Antonio ARIAS GARCÍA, *Antón de la Braña* (La Prohida, 1913 - Oviedo, 1986). Estudió como alumno libre y ejerció como maestro desde los diecisiete años en Láneo y La Arquera (Salas). Formado bajo los postulados de la Institución Libre de Enseñanza, aprobó las oposiciones de magisterio durante la República. Tras la Guerra Civil, restituido después de un tiempo sin que se le permitiera ejercer, retomó su actividad como maestro en Cornellana, donde estuvo veinticinco años, compaginando su trabajo como maestro con una profusa actividad política como republicano en los años de posguerra, cuando comenzó a batirse en la dramaturgia. La publicación de varios libros de texto, así como colaboraciones en determinadas revistas escolares como *Revista escolar* (Oviedo) o *El Magisterio Nacional* (Madrid), reflejaron en gran medida su vocación docente. Más tarde, en otras como *Renovación, Luz, La Voz del Labrador* o *El Progreso de Asturias* (La Habana), daría a conocer cuentos y poemas en los que en ocasiones criticaba el modelo social asturiano de la época y el cambio de las costumbres a principios de los años treinta, y en las que trataba temas y tradiciones asturianas, utilizando el seudónimo de 'El Secretario'. Literariamente está encuadrado en la llamada Generación de la Posguerra, en la que se agrupan los escritores nacidos entre 1909 y 1923, y su obra es una de las más interesantes del teatro costumbrista. Publicó el monólogo *El timu de les muyeres* (Supra, 1946), *Romance de la condesita* (Hijos de Santiago Rodríguez, 1951), adaptación escénica del popular romance, y el sainete *Un arreglu inesperáu* (Librería Santa Teresa, 1950), basado en el motivo del pleito, tema recurrente en el teatro costumbrista y que emplea también en *Un xuiciu faltes* (Heraldo de Zaragoza, 1969), publicada junto con otras tres obras: *El adiós a la quintana* (Compañía Asturiana de Comedias, 1953), premiada por el IDEA, donde se pone de manifiesto la idealización de los valores humanos de las personas que viven en la aldea, *Pitición de manu*, donde los enamorados no pueden casarse porque el matrimonio depende del pacto que hagan los padres, y *La última rosa* (Compañía Asturiana de Comedias, 1952), su obra más lograda en cuanto a la exploración de los sentimientos y estructuras sociales del pueblo, donde su protagonista femenino queda marcado por un conflicto interior que le lleva a aceptar su destino con resignación, consiguiendo que el espectador se cuestione las tradiciones rurales y la renuncia impuesta por las normas sociales. El hilo conductor en sus obras de teatro, construidas al estilo de los sainetes, suele ser el enfrentamiento entre dos mundos: el rural y el urbano. En ellas los personajes sin estudios, pero con la sabiduría que da la vida, se enfrentan a estereotipos del mundo urbano, saliendo siempre triunfadores ante jueces y abogados, y dejando incluso a éstos sin réplica posible. Además, ha publicado *Romance de la condesita*. Deja inéditas *La vuelta de Nandín* (1943), *Abogau de caleyes* (1944) y *Ramos y cantares* (Mariñanes, 1952). Fue miembro del IDEA y de la Comisión Provincial de Monumentos. Desde 2000, y a iniciativa de la Asociación Cultural Manuel López de la Torre, la Biblioteca Pública Municipal de Pravia recibió su nombre, donde fue homenajeado en 2013 y Pablo Rodríguez Medina lamentó que el corpus dramático de Arias no sea accesible al público ni a los investigadores.

ABOGÁU DE CALEYES

Sainete de ambiente asturiano
en tres actos y en prosa,

original de
Manuel Antonio Arias García

Estrenada por la Compañía Asturiana
de José Manuel Rodríguez
en el Teatro Casino de Arnao
el 17 de noviembre de 1945

Corias de Pravia, abril 1944

PERSONAJES
(por orden de aparición en escena)

Panoyo

Canelo

Calzonín

Micaela

Olvido

Carmina

Pedrín

Rosendo

Juana

Lalo

Sara

La acción en Aldeaclara, imaginaria aldea astur.
Época actual.

ACTO PRIMERO

Una quintana astur. En primer término, y a ambos lados de la escena, árboles corpulentos. Lateral derecha, casa de Panoyo, madeñeru y abogáu de caleyes de Aldeaclara. Esta casa tendrá dos pisos; en el superior habrá una solana y debajo de la misma una especie de cobertizo que servirá como taller. Se verán varios troncos serrados y algunos pares de almadreñas sin acabar. Foro, paisaje. Lateral izquierda, casa de Miceela. Entre les dos cases y el telón del foro, una caleya.

Escena I
Canelo y Panoyo

Panoyo, paisano de unos cincuenta años, dibuja un par de almadreñas sentado en una banqueta. Canelo, joven aprendiz, pinta otro par. Se oye cantar hacia la derecha.

Mozos: Una vez me dices que sí,
otra vez me dices que no;
el demonio que te entienda a ti,
que non soy a entendete yo…
Una vez que sí,
otra vez que no:
les muyeres sois así…
¡Non tenéis chapleta; no!…

Canelo: ¿Qué i paeció la copla?

Panoyo: Que canten muy bien esos rapaces que tán nel chigre.

Canelo: Y, además, ye verdá lo que cantaron, porque les muyeres son así. Una vez que sí...

Panoyo: *(Enfadado)* Y otra vez...

Canelo: ¡Qué no!

Panoyo: Digo que otra vez tás gastando más barniz de la cuenta. ¿Pero tú non ves, magüetón del diañu, que a esi paso acabes arruinándome, hom?

Canelo: ¿Home, Panoyo... Tanto non echo. Además... no i extrañe. Esa moza...

Panoyo: Pos pa deprender un oficiu hay que poner en él los cinco sentíos.

Canelo: ¿Y yo non los pongo, hom?

Panoyo: ¡Cómo los vas a poner si non los tienes!

Canelo: Home... Yo non soy un enteletual como usté. Pero a listu, gánenme pocos.

Panoyo: ¿A listu? ¡Já, já! Bueno. Muy despierto de mollera nunca fuiste, pero desde que te dio por pensar en esa rapaza, descurres menos que una madreña. La tu cabeza, más que cabeza con celebro, paez una calabaza con oreyes y pelo. Con decite que tengo mieu de que caigas un día pa'alantre...

Canelo: ¿Por qué, hom?

Panoyo: Porque quedes en cuatro pates y ya non te levantes en tu vida. *(Canelo sigue echando barniz sin parar)* Pero, ¿quién te enseñó a pintar así les madreñes, Canelín?

Canelo: Usté.

Panoyo: ¿Yo? ¡Dos pesetes de multa!

Canelo: Home, Panoyo...

Panoyo: Don Créspulo, ¿oyes?... ¡Don Créspulo!

Canelo: Como usté quiera. Pero el casu ye que con esi sistema de les multes voy a dir desjornalisau pa casa y va a rompeme mi má la tarreña de los sesos.

Panoyo: Yo sólo veo que gastes más barniz de la cuenta y que tienes que págalo. Así que...

Canelo: Bueno, hom, bueno. Pagarélo.

Panoyo: No olvides que el contratu que hice con tu má fue el de pagate quince riales diarios, descontando los desperfeutos.

Canelo: Sí... ¡Pero si supiera como les gasta mi má!...

Panoyo: ¿Les madreñes?

Canelo: ¡Los desperfeutos na mi cabeza cada vez que usté me pon multa po los otros desperfeutos!

Panoyo: Pos ten cudiau. Porque yo non voy a desperfeutiame la cartera pa evitar que te desperfeuten a ti esa desperfeución de cránio que tienes. Y deja eso, que el pote debe tar emprecipiando a ferver y hay que echar los mejunjes. *(Entra Calzonín por la izquierda)*

Canelo: Esa ye otra. Tener que facer de criá... ye lo último. *(Aparte, mientras hace mutis por la izquierda)* Y yo que esperaba deprender a madreñeru y a abogáo con esti paisano... Pero, po lo visto, non voy a pasar de fregatriz. *(Mutis)*

Escena II
Panoyo y Calzonín

Panoyo: ¡Má! ¡Qué milagru!

Calzonín: Ná. Vengo a vete.

Panoyo: ¿Entós?

Calzonín: Non puedo decítelo aquí. Trátase de lo que te hablé ayer; del asunto de les particiones de mi pá. Y como Micaela vive ahí enfrente y puede oínos... mejor tábemos dientro de casa.

Panoyo: Sí; pero como si entramos pa casa va dase cuenta de que i tamos preparando una engatá... mejor tamos aquí. Así que coge unes madreñes pa desimular el asunto, mírales de cuando en cuando... y habla.

Calzonín: Yes tú el que lo tienes que decir tó. ¿Non quedaste en enterate?

Panoyo: Y enteréme.

Calzonín: ¿Y qué? ¿Cómo va el asunto?

Panoyo: Rigolar... pa tí.

Calzonín: ¿Entós?

Panoyo: Ná... Que, como debes saber, en el último testamento notarial que hicieron los entrefeutos...

Calzonín: ¿Quién, hom?

Panoyo: Los entrefeutos. Claro... Como tú non sabes una palabra de coses jurídiquies, non tienes idea de lo que quieren decir les mis frases. Entrefeutos son los que hacen una cosa entre tós.

Calzonín: ¡Ah!

Panoyo: Pos, bueno. Los padres tuyos, en el último testamento ológrafo que ficieron ante el siñor notario, dispusieron de la su hacienda dejando mejorao en un tercio al tu hermano Gaspar. Y como además tien reconocíos los cuartos que mandó desde La Habana y a ti van a descontate los mil pesos que llevaste de dote cuando hiciste la burrá de casate... si te toquen un par de praínos... puedes date con un canto en pecho.

Calzonín: ¿Entós?

Panoyo: Ná... Que como no andes listu... paezme a mí que vas a sacar poco en limpio de la herencia.

Calzonín: Pero... *(Asustado)* Y dime... ¿Qué tengo que hacer?

Panoyo: Ná. Poca cosa... Buscar a una persona lista que te diga el camín que debes seguir.

Calzonín: Entós... Diré a ver un abogáu.

Panoyo: ¿Un abogáu? ¿Pa qué, bobu? Va a cobrate una burrá, va a volvete lloco con eses palabres tréniques que sólo usamos los letraos... y ná. Los abogaos entienden mucho de coses de importancia. Pero cuando se trata de caxigalines de pueblos, non valen pa ná. Son un fracaso. Porque... vamos a ver... ¿Qué sabe un abogáu de les tierres que a ti te convienen?

Calzonín: Sí, claro. ¿Y un procurador?

Panoyo: Esi... tampoco. Los procuradores son pa custiones de juzgaos.

Calzonín: ¿Y un périto?

Panoyo: Esi más tarde. Cuando ya té arreglao tó.

Calzonín: ¿Entós?... Porque, si non valen abogaos, ni precuradores, ni péritos...

Panoyo: ¿Y pa qué toy yo aquí más que pa servir a los amigos en casos como estos?

Calzonín: ¿De verdá me vas a ayudar?

Panoyo: Claro que sí.

Calzonín: Pos teniéndote al mi lao... toy tranquilo.

Panoyo: Y tanto que puedes talo. En estes coses de herencies no hay naide que pueda poneme el pie delantre. De tol conceyu vienen a consultase comigo. Home... Tú conocerás a esi duque que veranea nel palacio del Castañeu. Pos hasta esi vino a vesitame por mor de unos deshociamientos.

Calzonín: ¡Qué bárbaru! No, si tú...

Panoyo: Por cierto, que non callaba diciéndome que yo debía ingresar nel Colegio de Abogaos. Pero claro, como a la mi edá haría mal papel entre rapazos y neños... non quise dir. *(Pausa)* Así que ná, Calzonín. Non te priocupes. Tovía vas a sacar buena tayá de estes particiones. Deja el asunto de mi cuenta. Y va a salite baratu, ¿eh? Y esu que voy a tener que pasar muches hores col Código Cevil delantre. Pero ná... Con tal de que me pagues, como jornal de los mis honorarios aranceleros, la hierba que te den el primer año los praos que te saque, doyte palabra de que vas a quedar contento.

Calzonín: Tendrás la hierba y la pación. *(Micaela se asoma a la ventana de su casa y vuelve a retirarse)*

Panoyo: Pos ná… *(Viendo a Micaela)* Pero habla de otra cosa. Hay ropa tendía y… *(Alto)* Pos son les madreñes que más te convienen, Calzonín. Madera de noceu…

Calzonín: Sí, pero… *(Se retira Micaela)*

Escena III
Dichos y Canelo

Canelo: *(Por la puerta de la derecha)* Ha de vegilar el pote, ¿eh?

Panoyo: Home… ¡Un abogáo vegilando el pote!… ¿Ónde vás tú?

Canelo: A por pimientu. Acobóse el que había.

Panoyo: Pero, Canelín… ¿Cómo dejes acabase les coses, hom?

Canelo: ¡Cóime! ¡Yo que sabía! Además… eso de hacer de fregatriz, siendo un paisano, ye lo último. Y ya voy cansado. Yo entré nesta casa pa deprender un oficio, no pa pelar patates.

Panoyo: Calla, desegradeciu… que en cuanto les rapaces de Aldeaclara sepan que yes un hacha nes coses propies del sensu contrariu, quedrán casase toes contigo.

Canelo: Sí, sí… ¡Si supiera cómo me llamen!…

Panoyo: ¿Cómo?

Canelo: ¡Maricamandiles! Y eso tien que acabase. Por eso i digo que non piense que voy a seguir así toa la vida. Yo voy cansando de cocinar, de fregar el suelu, de coser, de planchar… ¡Dita sea!… En cuanto alcuentre otra colocación. *(Mutis izquierda)*

Calzonín: Va a marchásete, Panoyo.

Panoyo: Descuida. Tá muy contento comigo. Pagoi bien. Además, como paez que i gusta la tu sobrina… la querencia amárralu a mí.

Calzonín: Pos paez listu, ¿eh?

Panoyo: Sí, hom. Ye muy apañau pa les coses de casa. Cocina bárbaramente, tienlo too muy limpio, sabe arreglar la ropa… ¡Si non fuere por él!…

Calzonín: Tienes razón. Pero tú tás sólo porque quieres. ¡Si hubieres casao la fía con un rapaz que viniere a vivir a tu casa!…

Panoyo: Esi yera el sueño de toa mi vida, Calzonín. Un rapaz trabayador que atendiera la mi hacienda pa poder yo dejar la carrera de madreñeru y dedicame al oficiu de abogáu. Pero claro… La vida ye la vida, Calzonín del alma, y non salen les coses como uno piensa. Cuando murió la mi Celipa, que en paz descanse, quedé solo de la neña. En sin dame cuenta fízose moza. Y apenes emprecipió a endoliase y a bailar, esi rapaz de la Manila non la dejaba a sol ni a sombra. Un día, otru… Un mes, otru. Un año, otru… Yo callaba. La fía ye el único cariño que tengo nel mundo y prefiero sufrir yo antes que dai el más pequeño desgusto. Fue pasando tiempo y un día, cuando menos lo esperaba, tuve que dai el consentimiento pa casase, el permiso pa dir a vivir a casa de la suegra... y mil pesos de dote.

Calzonín: ¿Mil pesos? Non pensé que i dieras tanto.

Panoyo: Home... La fía de un abogáu tien que llevar el dote que corresponde a la su categoría. Pos bueno... díilo tó... too... Sabía que diba a quedar solo... ensin les sus caricies... ensin los sus cuidaos... ensin la su voz de oro que alegraba la casa como si fuera un jilguerín... ensin los mil durinos de dote que yeren la esperanza de la mi vieyera. Pero tratábase de la fía, Calzonín. Tratábase de la fía... Y por tratase de ella y por saber que lejos de mí diba a ser más feliz que en casa... dejéla marchar.

Calzonín: Tienes razón. El amor que sentimos por los fíos haznos sacrificar hasta la felicidá propia con tal de que ellos sean felices. *(Levantándose)* Bueno, Panoyo, déjote. Non convién que la mi cuñada nos vea tanto tiempo juntos. Hasta después. Y ya sabes. En ti confío.

Panoyo: Vete tranquilo, Calzonín. Too se arreglará. Pero bueno... De esto que hablamos... ni una palabra a naide. Y sobre too... non se te ocurra dir a consultar con Pin el Revirau, que ye un desalfabético que sólo sabe armar líos.

Calzonín: Descuida.

Panoyo: ¡Ah! Y aunque me veas hablando con la tu cuñá, non desconfíes.

Calzonín: Ya lo sé, hom. Tate tranquilo. *(Mutis izquierda)*

Panoyo: *(Solo)* Bueno… Esto marcha. Pero cá vez que pienso en la fía… Fíina del alma… Qué solu me alcuentro ensin ti. Pero bueno, dejemos les coses tristes a un lao… El casu ye que el cuentín que i conté surtió el su efeuto. Marcha creyendo que la otra tien papeles y… Después, cuando tropiece a Micaela, diréle que ye Calzonín el que tien decomentos que la pueden fastidiar, pintaré el asunto muy mal pa ella, prometeré arreglailo y… y sacaré otra buena tayá.

Escena IV
Panoyo y Canelo, con un paquete

Canelo: *(Por la izquierda)* ¿Qué? ¿Vegilió el pote?

Panoyo: Non me acordé.

Canelo: Muy guapo, hom, muy guapo. Después, si se chamusca ríñeme.

Panoyo: Hoy non te riño, descuida. ¡Toy más contento…!

Canelo: ¿Entós?

Panoyo: Ná. Que tengo un negocio bárbaro en perespetiva.

Canelo: ¿Ónde, hom?

Panoyo: En perespetiva.

Canelo: Como si me diz en Noreña.

Panoyo: ¡Qué burro yes, Canelín! Paez mentira que vivas al lao mío y non sepas ná de custión de abogacía. Perespetiva quier decir… Bueno.

Non sé cómo explicátelo, porque co les entendederes tan desalfabéticas que tienes, confundes les frases latines que yo uso con nombres de pueblos y quedes igual. Perespetiva quier decir cerca, ahí mismo, a la vista.

Canelo: ¡Ah! Daráme una propinuca, ¿eh?

Panoyo: Claro, hom, claro... *(Sale Micalela por la puerta de su casa)* Pero ahora vete a vegiliar la comida. Ya sabes que non me gusta chamuscá.

Canelo: Y a mí menos... porque tengo que cómela. Usté, en cambio, como tira de sartén y tuesta que ye un gusto...

Escena V
Micaela, Panoyo, Canelo

Panoyo: *(A Micaela, que está que bufa)* Huy, Micaela, ¿qué te pasa, hom?

Micaela: Ná. Que se me cayó la venda que tenía nos güeyos.

Panoyo: Non sabía que tuvieres cegarata.

Micaela: Pos taba. Pero haz un momento, al dame cuenta de que me taben tomando el pelo a puñaos, curóse la mi ceguera. Y ahora veo les coses con toa claridá.

Canelo: (¿Qué pasará?)

Panoyo: Pos ten cudiau. La demasiá claridá ye un peligro pa la vista.

Micaela: ¡Y que tovía tengas cara pa tomalo a broma!

25

Panoyo: Pero bueno, ¿qué pasa?

Micaela: ¿Y tienes el cenismo de preguntalo, abogáu de caleyes?

Canelo: (¡La que se va armar!) *(Mutis casa)*

Panoyo: ¿Llámasme así por ensultame, Micaela?

Micaela: Me paez que sí.

Panoyo: Pos enquivoqueste. Ser abogáo de caleyes non ye nenguna deshonra. Don Ricardo nunca se enfada cuando lo llamen pol título.

Micaela: ¿Pero vas a comparate con don Ricardo?

Panoyo: Home, claro. Porque si yo soy abogáo de caleyes, él ye enginiero de caminos. Pero bueno. Tengo muches coses qué hacer y non toy pa perder tiempo. ¿A qué se debe el tu enfado?

Micaela: A que vi lo que vi.

Panoyo: Si non te expliques...

Micaela: ¿No acaba de hablar el mi cuñao contigo?

Panoyo: Sí; pero vino sólo a encargar unes madreñes.

Micaela: A otro tonto con esi cuento. ¿Cómo te va a encargar madreñes a ti si tien un fío madreñero?

Panoyo: Porque non puede atender a los encargos que tien. Además... si hablé con él un cachu bastante largo, fue pa enterame bien de les sus entenciones con respeuto al asunto de les particiones, pa así poder sacar mejor tayá pa tí.

Micaela: ¿Y qué?

Panoyo: Ná.

Micaela: Pero...

Panoyo: Nada, nada... Non me preguntes. Yo non quiero tratos con gente que desconfía de mí.

Micaela: Home... Yo... Como te vi hablando con él...

Panoyo: (¡Ya ye mía!) Nada... nada... Déjame. Non quiero saber nada del asunto. Y pa que aprendas pa otra vez, y pa que sirva de escarmientu, a más de cuatro que piensen que yo vendo la profesión por dos riales... desde esti momento, en vez de representate a ti nes particiones, seré el representante de Calzonín.

Micaela: ¡Ay, eso no, Panoyín, eso no! ¿Qué va a ser de mí si tú me faltes?

Panoyo: ¡Y con lo que el Calzonín tenga hacer!

Micaela: ¿Qué piensa hacer?

Panoyo: Ná... Como tien papeles firmaos pol padre reconciendoi les mejores de la casa mientres el tu hombre tuvo n'Habana...

Micaela: ¿Y esu tien mucha emportancia, Panoyo?

Panoyo: Home, claro. Puede dejate ensin ná.

Micaela: *(Suplicante)* Por Dios, Panoyo... ¡No me abandones!

Panoyo: ¿Non decíes que yera un abogáo de caleyes?

Micaela: Perdóname, Panoyín. Tú yes de camín, de carretera, de fierrocarril y de puerto. Pero non te enfades comigo, ¡po lo que más quieras! Mira... Si me ayudes... además de les perres que te prometí... daréte...

Panoyo: ¿Cuánto?

Micaela: Pos daréte... venti duros más.

Panoyo: No, no.

Micaela: ¿Paezti poco?

Panoyo: Home, claro. Cualquier abogáo te llevaría mucho más. Pero non ye por eso.

Micaela: ¿Entós?...

Panoyo: En primer lugar, como ya te dije, yo non quiero saber con xente que desconfía de mí. Y en segundo, a mí non se me compra con tan poca cosa.

Micaela: ¿Cuánto hay que date?

Panoyo: La cencia y la diznidá non tienen precio.

Micaela: ¿Quies doscientes pesetes más?

Panoyo: ¿Además de les quinientes del otru día y de les cien que me ofreciste antes? No. No. Déjame.

Micaela: Anda, Panoyín.

Panoyo: Bueno... Porque yes tú... acepto. Pero con una condición.

Micaela: Dila.

Panoyo: Que, aunque me veas col Calzonín, non pienses ná malu. Convién aparentar que non toy al lao tuyo de lleno, pa que él non llame a otru. ¿Conformes?

Micaela: Sí, home, sí. Non pensaré ná malu.

Escena VI
Micaela, Olvido y Panoyo.

Olvido: *(Por la izquierda, abrazando al Panoyo)* ¡Padre!

Panoyo: ¡Neña! ¡Qué milagru!

Olvido: ¡Si supiera!...

Panoyo: ¡Huy! ¿Qué te pasa?

Olvido: Nada.

Panoyo: Nada, ¿y vienes llorando?

Olvido: Soy muy desgraciá, padre, ¡muy desgraciá!...

Micaela: ¿Pegóte acaso el tu hombre?

Panoyo: ¡Y él que se atreviera!

Olvido: No, Pedrín ye un santo.

Micaela: ¿Tien acaso relaciones con alguna prójima?

Panoyo: ¿Non te diz la neña que ye un santo? Pos si ye un santo... non va a andar entreteniéndose con amores de estraperlo.

Micaela: Claro... claro... ¿Entós?

Olvido: Ná... Coses míes.

Micaela: Acaso la suegra...

Olvido: Déjeme, Micaela, déjeme...

Micaela: Bueno... bueno...

Panoyo: *(Aparte a Micaela)* Sí... Déjanos, déjanos... La probina tien necesidá de desahogar les sus penes... y quedrá tar sola comigo. Déjanos. Ya te contaré después lo qué pasa.

Micaela: Bueno... bueno... *(Aparte mientras hace mutis)* ¿Qué pasaría? *(Mutis casa)*

Escena VII
Olvido y Panoyo.

Panoyo: Entós, ¿qué, tía?

Olvido: Fue la suegra que...

Panoyo: Ya lo supuse yo al vete disgustá... ¡La culpa fue de la suegra! ¡Porque con esi demonio de muyer no hay quien viva! ¿Qué te hizo, santina?

Olvido: Muches coses. Soy allí menos que una criá. Insúltame, búrlase de mí, dame de comer peor que a los otros, tengo que trabayar como una burra, non dispongo de un céntimo...

Panoyo: ¿Y consiente eso Pedrín, hom?

Olvido: Pedrín non sabe ná.

Panoyo: ¿Y les cuñaes?

Olvido: Les cuñaes son como la suegra.

Panoyo: Home... Claro... Suegres y cuñaes, toes dan pataes.

Olvido: Pa mí nunca hay un regalo, ni una atención, ni una palabra cariñosa. Y hoy... ¡Ay, dame vergüenza decilo!...

Panoyo: ¿Qué te hicieron, santina?

Olvido: Hoy, desayunando, porque había gente de afuera y non taba Pedrín, diéronme la leche na taza'l gatu.

Panoyo: ¿Na taza'l gatu?

Olvido: Sí, na taza'l gatu. Dime cuenta cuando ya había comido cinco o seis cucharaes. Y como yos dije que no había derecho, enfadaronse, pusieronme como un trapo... reñimos... y dijeis que non volvía más p'allí.

Panoyo: Bien hechu, fía, bien hechu. ¡Pero qué creminales y qué bandíes! ¡Dar de comer a la mi neña na taza'l gatu! Pero ya me les pagaran, descuida. Mañana mesmo pongois una denuncia nel Juzrao pa que devuelvan les perres de la dote.

30

Olvido: Déjeles. Non tienen importancia. ¡Qué revienten con elles!

Panoyo: ¿Que qué, hom? Entregarannos toes les perres. ¡Pos non faltaba más! De mí non se rí nadie... Y anda pa casa, fía, pa la tu casina... pa con tu pá, que te quier más que naide nel mundo... Y ya verás... ¡ya verás como non tardes en ser la Olvidina alegre de siempre otra vez!

Olvido: ¡Padre! ¡Qué güenín ye!

Panoyo: ¿Güeno? Pon rigolar, fía, pon rigolar... y tovía dexageres un poco. Soy muy malo, fía, muy malo... *(Abrazándola)* Porque... fíjate... véote sufrir... y siento unes ganes terribles de llorar contigo. Pero al pensar que ye el dolor el que te trajo pal mi lao... ¡casi me alegro! ¡Fíjate si soy malo! *(Ya en la puerta de su casa. Al Canelo que entra en escena)* Mira, Canelín... ¡Mira! Aquí tienes a Olvido que vuelve pa con nosotros.

Canelo: ¿De verdá, Olvidina?

Olvido: Sí, Canelín... ¡Por desgracia! [*(Mutis casa)*]

Canelo: ¿Entós...?

Panoyo: *(Esperando que Olvido entre en la casa)* Ná... Ya te lo puedes suponer. Nunca oyiste esa maldición que diz: "Casau y con suegra te vea yo." Pos eso i pasó a la mi neña. ¡Probina! Bueno... Marcho a consolala un poco. Tú, mientras tanto, mira a ver si acabes esi par de madreñes pal Maruxo. *(Mutis casa)*

Escena VIII
Canelo y Carmina.

Canelo: *(Solo y poniéndose a trabajar)* Bueno… Esto ye un caso. Cinco meses casá… y ya tuvo que disviar la probina. ¡Probe Olvido! ¡Con lo buenina que ye!… Bueno…Viendo estos casos, pierde uno les escases ganes que i queden de casase. Y menos mal que la vuelta de Olvido ye un chollo pa mí. Acabóse Mariamandiles. Desde hoy va non tendré necesidá de andar de fregatriz, nin me cantarán les moces aquello de: *(Cantando)*

No hay otru nel mundo
más güeno que Xuan.
Él friega les potes
alegre y contentu,
el haz el formiento,
el amasa el pan.
No hay otru nel mundo
más güeno que Xuan.

Carmina: *(Por la casa de la izquierda)* Va a llover, Canelo.
Canelo: Que llova.
Carmina: ¿Y si te mojes?
Canelo: ¿Sécome?
Carmina: ¿Y el pesques una pulmonía?
Canelo: Cúrola.
Carmina: ¿Y si te mueres?

Canelo: Entiérrenme.

Carmina: Vaiga por Dios, hom, vaiga por Dios. Tú pa too tienes salida. ¿O ye que te molesta que yo me interese po les tus coses?

Canelo: ¿Molestame? ¡Si supieras…! Mira, por causa tuya, por pensar en ti, chamúscaseme el pote casi toos los días.

Carmina: ¿De verdá, Canelín?

Canelo: De verdá. Ayer mismo, sin ir más lejos, pegóse too al fondo de la cacerola. Y hoy por la mañana, por tar pensando en esa carina de rosa que tienes, eché azúcar a les fariñes en vez de sal.

Carmina: Taríen sabroses, ¿eh?

Canelo: Non taben mal. Pero… ¡si oyeras al Panoyo!… Por poco me mata.

Carmina: Vaiga por Dios, hom.

Canelo: Y hoy… haz un poco… Pero bueno. Bastante te importen a ti les coses míes.

Carmina: Mucho, Canelín, mucho… Si supieras…

Canelo: ¿De verdá, de verdá, de verdá?

Carmina: De verdá, de verdá, de verdá.

Canelo: Si fuera así… si de verdá te importara yo…

Carmina: Claro que me importes, Canelín. Bien te lo tengo demostrao. De los diecienueve mozos que a mí me simpaticen… tú yes el preferío. Además, aunque así non fuera… tú yes un prójimo.

Canelo: ¿Eh?

Carmina: Y la dotrina manda amar al prójimo como a uno mismo.

Canelo: Amándome tú, non me importa ser prójimo nin madreñero... nin maricamandiles. Y eso que non sé lo que ye ser prójimo.

Carmina: Prójimos son los otros.

Canelo: Home... Entós non lo soy yo. Si son los otros... ssssaa.

Carmina: Sí, home, sí... Prójimos son tos los que non son uno.

Canelo: Ah, vamos, sí. El prójimo ye el otru.

Carmina: Eso mismo.

Canelo: Vaiga por Dios, hom. ¿Y quién ye el uno si pue sabese?

Carmina: ¿El uno?

Canelo: Sí, el otro que non soy yo.

Carmina: Non te entiendo.

Canelo: ¿Non me entiendes, eh? Ya lo sé. Si me entendieres... haz mucho tiempo que sabrías una cosa.

Carmina: ¿Qué, Canelín?

Canelo: Non te la digo.

Carmina: ¿Por qué, hom?

Canelo: Porque yo soy el otru... y del otru rise la gente.

Carmina: ¡Ríme yo te ti!... ¡Si supieras! Anda, dime eso.

Canelo: No.

Carmina: ¿Aunque yo te lo pida?

Canelo: Home... Pidiéndomelo tú... Pero ahora non te lo digo.

Carmina: ¿Por qué, Canelín?

Canelo: Porque tengo mieu de que salga tu má.

Carmina: Home… Mi má non se mete contigo.

Canelo: ¿Qué no? Como nos vea juntos… aprojiméame.

Carmina: ¿Qué, hom?

Canelo: Que me aprojimea… Que me convierte en otru.

Carmina: Home… Lo que pasa ye que… claro… como yo non te intereso… Si fuera otra…

Canelo: Home… Si fueras otra non serías una…

Carmina: Home, eso ya lo sé.

Canelo: Déjame acabar, hom. Una de las rapazas más guapas de la provincia de Teverga y de los pueblos de alredor.

Carmina: ¿Paezcote guapa, Canelín?

Canelo: ¿Guapa? Guapa ye poco. Paecesme guapa, linda, hechicera, pluscuamperfecta y futura.

Carmina: Ay, calla, calla… que voy a creelu.

Canelo: Y pues creelu. Tú yes pa mí… Pero non te lo digo. ¿Qué puede importate a ti lo que piensa un probe prójimo de la tu guapura?

Carmina: Mucho, Canelín, mucho. Tamién tú yes pa mí guapo, lindu, hechicero, galán y gayasperu… Y si tú sientes por mí eso… *(Entra Micaela por la puerta de su casa)* tamién yo siento esu…

Escena IX
Dichos y Micaela.

Micaela: ¡Eso, eso!

Carmina: ¡Mi madre!

Canelo: ¡Mi madre!

Carmina: ¿La tuya también, hom?

Canelo: No. La tuya solo. Pero basta.

Micaela: *(Avanzando hacia su hija y atizándole un par de sopapos)* ¿Conque tamién tú eso, eh? Toma, toma.

Carmina: ¡Ay, ay, ay!

Micaela: ¡Desobediente! ¡Cortejadora! ¡Que apenes ves una escoba con pantalones, ya non sabes lo que haces!...

Canelo: Oiga, oiga.

Micaela: ¿Llames por teléfono, probe?

Canelo: Llamo... la atención. Yo non soy nenguna escoba. ¡Más respeuto!

Micaela: ¿Entós qué yes, maricamandiles?

Canelo: ¡Un paisano con toa la barba!

Micaela: Con toa la barba... y con nombre de perru. *(Como si llamase a un perro)* Canelo... toma, Canelo... ven acá, Canelo...

Canelo: ¡Micaela!

Micaela: Pero ten cudiau, ¿eh? Porque, como te vuelva a ver co la fía, soy capaz de date morciella envenená, pa que revientes.

Canelo: Y yo de mordela en una pata, pa que rabie.

Carmina: Callai por Dios... ¡Qué dirá la xente!

36

Micaela: Que digan lo que quieran. A mí lo que me importa ye espantar del tu lao a esti perracu peseteru que, si te diz algo, ye porque tienes una casina, dos vaques, cinco tierres, dos praos, tres montes y venti mil riales nel banco.

Canelo: Tá equivocá, Micaela. Yo non pretento a la su fía pol interés.

Micaela: Pero pretendesla pol capital... que ye mayor.

Canelo: Tampoco. A mí non me importen les tierres, los praos, los montes, les cases ni los cuartos. Ná de esu necesitu, gracies a Dios. Yo, si miré pa Carmina fue porque... ¿non la ve, hom? ¿Non ve que tien le cara más gayaspera del mundo?

Carmina: *(Lloriqueando)* Home... Canelín... Tan guapa non soy.

Canelo: La más gayapera. Non rebajo ná. Si hasta llorando paeces un anxelín del cielu. Por eso la quiero. Micaela, sólo por eso. *(Comiéndose las lágrimas)* Pero té tranquila, nunca más me volverá a ver con ella.

Micaela: Pos eso ye lo que haz falta. La mi neña puede aspirar a casase con un hombre de carrera... y non toy dispuesta a consentir que un magüetu como tú i estropie el porvenir.

Canelo: Té tranquila... Té tranquila... Ahora que déjeme deci-i una cosa. Ningún mozo la querrá como yo.

Carmina: ¡Canelín!

Micaela: Tú a callar... y pa casa. ¡Hala!

Carmina: Bueno, hom, bueno. *(Mutis casa)*

Escena X
Micaela, Panoyo y Canelo.

Panoyo: *(Por la puerta de su casa)* ¿Qué pasa, hom?

Canelo: Esta muyer que...

Panoyo: Pero...

Canelo: Ná... Que me alcontró hablando con la fía... y pa que quiso saber más. Pegói a Carmina, ensultóme a mí...

Panoyo: Y tien razón.

Canelo: ¿Tamién usté, hom?

Panoyo: Tamién yo, tamién yo... Por culpa de les moces no haces ná a dereches... y eso tien que acabase.

Canelo: Ya lo veremos. En el mi corazón mando yo sólo.

Micaela: Pero en el de la mí fía mando yo... y non quiero a un borriquín pa xerno.

Canelo: Oiga... ¡Eso de borriquín!...

Panoyo: Tien razón, hom, tien razón. Si descurres menos que la albarda de un burro. ¡Si yes un zoquete!

Canelo: Bueno... Pos si soy un zoquete y un burro, deme la cuenta.

Panoyo: ¿La qué, hom?

Canelo: La cuenta.

Panoyo: Con los burros non se lleva más cuenta que la de los palos que merecen. Así que siéntate ahí a trabayar porque...

Micaela: Y cudiau con que te vuelva a ver con la fía, ¡eh!

Panoyo: Descuida. Ya vegilaré. Ahora que non basta el mi vegiliamiento, ¿eh? Tienes que vegiliar tu tamién. Porque si tú non vegilies y ella se desvegilia...

Micaela: Encontrará una camada de palos. ¡Consentir yo que esi pazguato...!

Canelo: (¡Ahora pazguato!)

Micaela: Eso sí que no. ¡Primero!... *(Transición)* ¿Y la tu fía?

Panoyo: Ya tá más tranquila. Lloró un pocoñín, consoléla yo, convencíla de que debía tomar un fervoriau de algo calmante y quedó en casa cociendo una taza de tila.

Micaela: ¡Probe neña! ¿Y qué? ¿Sabes el motivo del su desgusto?

Panoyo: Supongolo.

Micaela: La suegra, ¿eh?

Panoyo: Home, claro. Nestos casos la culpa ye siempre de la suegra.

Micaela: No hay una buena.

Canelo: (¡Pos vas a ganales tú a toes!)

Panoyo: Tienes razón. ¡Má, qué facer sufrir a la mi neña! Bueno. Cá vez que lo pienso, danme ganes de dir allá y arrancai el moño. Porque si la mi Olvido fuera una de eses nueres inaguantables... Pero ye una santina, Micaela, una santina… Igual que la mi defunta, que en gloria esté.

Micaela: Ya lo sé, hom. Pero bueno… La tu fía tien lo que non tuvimos otres: una casina que la espera, un hombre que non tardará en venir a vivir con vosotros.

Panoyo: Pero, ¿tú cres?…

Micaela: Claro, hom, claro. Pedrín tá enamoradísimo de la neña. Tol mundo lo diz. Y ya verás… ya verás que prontu va a acabase la tu soledá.

Panoyo: Si fuera así… soy capaz de ir a dai un abrazo a la mi consuegra. La mi fía y el mi xerno comigo… Pero no… ¡Non será verdá, por desgracia!

Micaela: Ya verás… Ya verás… *(Mutis casa)*

Escena XI
Panoyo y Canelo

Canelo: Muy guapo, hom, muy guapo. De moo y manera que, además de haceme trabayar como un burru y de llamámelo, quier quitame de cortejar. ¡Pos non lo conseguirá! Haz un poco callé porque i tengo mieu a Micaela. Pero, desde hoy…

Panoyo: Calla, Canelín, calla… Non te solfures. Si te dije lo que te dije, fue porque te quiero.

Canelo: ¿Y llama burros a los que quier, hom?

Panoyo: Cuando los veo caminar ciegos hasta un precepicio, sí. *(Pausa)* Ascucha, Canelín… Y

40

non pienses que hay egoísmo nes mis palabres. Tú yes el mi criau. Sírvesme bárbaramente, tienesme muy contento... Si te marches del mi lao... quedaría más solo que nunca.

Canelo: ¿Y la fía?

Panoyo: Home... La fía volverá a dise. Non quiero pensar en que pueda quedase pa siempre, porque luego, si vuelve a salir de casa, sufriré el doble. No, Canelín. Yo non cuento con la fía. Por eso te quiero tanto.

Canelo: ¿Por qué me quies, Andrés? Pol interés.

Panoyo: Non seas endígeno. Yo quiérote porque llevas mucho tiempo al mi lao y porque yes güenu y fiel. Y por eso, al vete al lao de un despeñadero co los güeyos cerraos, non puedo por menos de decite: Tás en peligro, Canelín, tás en peligro.

Canelo: Pero...

Panoyo: ¿Non viste lo que pasó a la mi neña? Pos como casar te cases con la fía de Micaela, pesaráte lo mismo, o algo más grave. Porque si te quedes a vivir con elles... además de tener que marchar pa tu casa, marcharás averiau. Dígotelo yo.

Canelo: ¡Averiariola! Que se libre de poneme la mano encima.

Panoyo: No. La mano non te la pondrá, pero el mango de la escoba, sí. Mejor mozo que tú yera el defunto Gaspar y hay que ver les palices que tien llevao el probe. Con decite que se oíen les sus voces desde un kilómetro de distancia...

Canelo: Cóime... Sabe que...

Panoyo: (Ya non se me escapa.) Así que mírate en ese espejo, Canelín. Por eso te reñí antes. Ahora que non pienses que te quito de cortejar a hores libres, ¿eh? Corteja too lo que puedas, diviértete, pásalo bien... pero ensin casate. ¡Que se casen los otros! *(A Olvido, que sale de su casa)* ¡Má! ¿Ya cansaste, neña?

Escena XII
Dichos y Olvido.

Olvido: En la mi casina nunca canso. Por cierto, que tá muy limpia toda. Mialma, paez que hay una muyer cuidándola.

Panoyo: Gracies al Canelo.

Olvido: Sólo tá un poco sucia la mi habitación.

Canelo: Porque tu pá non me deja limpiala.

Olvido: ¿Y esu?

Panoyo: Fía del alma... La tu habitación tien que tar siempre como tú la dejaste al marchar. El ritrato de tu má, la camina onde tú dormíes, el espejo onde te mirabes, el armariu que guarda la tu ropa de neña... Too eso ye pa mí el mayor tesoro del mundo, y naide lo tocará mientras viva. Sólo yo, cuando voy a acostame. abro un pocoñín la puerta, enciendo la luz, sueño que tás tú acostadina y digo como antes, como cuando tú vivíes al mi lao: Hasta mañana, fía.

42

Olvido: ¡Padre! *(Se abrazan)*

Escena XIII
Dichos y Pedrín.

Pedrín: *(Por la derecha)* ¡Olvido!

Olvido: ¡Pedrín!

Canelo: ¡Qué frescu! Despúes de lo que i ficieron... tovía tien al valor de presentase aquí.

Panoyo: Tú vete a cuidar les fabes, que ye la tu obligación.

Canelo: Voy, hom, voy. ¡Qué bárbaru! Siempre ha de tar mal lo que yo diga.

Panoyo: *(A Pedrín)* Ahí la tienes. Mialma, non merecíes que te quisiera como te quier.

Olvido: Home... Pá... ¡Pedrín ye un bendito!

Panoyo: Pero non debió consentir que te trataran como te trataron.

Pedrín: En eso tien razón usté. Pero tengo disculpa.

Panoyo: No hay disculpa pa dejar que hagan sufrir a la muyer de uno. Además... Tú llevaste mil pesos de dote y non tuviste siquiera la atención de comprai una taza.

Pedrín: Pos tengo disculpa. Si ella me hubiera dicho lo que pasaba... non llegaríen les coses al extremo que llegaron.

Panoyo: Home, claro. Tú non dibes a consentir que i dieran la leche na taza'l gatu.

Pedrín: Peroo...

Panoyo: Hasta ahí llegaron tu má y les tus hermanes.

Olvido: Por eso vine pa mi casa. Non podía aguantar más.

Pedrín: Y tuviste razón. Pero descuide, non volverán a hacelo.

Panoyo: Y tanto que non volverán.

Pedrín: ¡Desde hoy serás la señora de mi casa!

Panoyo: ¿La qué, hom?

Pedrín: La señora de mi csa.

Panoyo: ¿Pa qué? ¿Pa que la sigan tratando peor que a una criá? Eso sí que no. La mi fía non vuelve a salir de aquí.

Pedrín: Pero… ¿De verdá que non vuelves comigo, Olvidina?

Olvido: No. Teníen que ser tu má y les tus hermanes les que vinieren a pedímelo. Ficieronme sufrir demasiau pa que yo vuelva p'allí sin más ni más.

Panoyo: Bien dicho, fía.

Pedrín: ¿Y el nuestro matrimonio? ¿Y la nuestra felicidá? ¿Non ves qué, si non vuelves, destrozes la mi vida pa siempre?

Panoyo: Pero, como si vuelve, destroza la de ella… non vuelve y non vuelve.

Pedrín: ¿Entós?…

Olvido: Quédate tú aquí.

Pedrín: Imposible. Non puedo faltar de mi casa.

Panoyo: Pos si tú non puedes faltar de tu casa, escúchame, rapaz. A mí tol mundo me cré un tarambana ensin chapleta. Enquivóquense. Otros tienen mil coses en qué pensar y yo sólo tengo un asunto que me preocupa: la felicidá de la mi neña. Lo demás… no me importa. Como quedó ensin madre de pequeñina, y vivimos muchos años los dos solinos, soy pa ella les dos coses: Madre y padre. Por eso la quiero el doble de lo que cualquiera quier a una fía.

Olvido: ¡Padre!

Panoyo: ¿Acuérdeste de lo que te dije el día de la boda?: "Rapaz… Ahí te entrego el mi tesoro, la mi alma, el mi corazón, la mi vida… Hazla feliz". Tú así lo prometiste. Y, como non pudiste cumplir la promesa porque non te dejaron o porque non tuviste la suficiente hombría pa defendela… cojo a la mi neña otra vez, abrázola contra mí y dígote: "Rapaz… Aquí la tienes. Pero, si la quies llevar, tienes que merecela y tienes que demostrame que la vas a hacer feliz de verdá". Ya lo sabes. Pa que Olvido salga otra vez de casa, tengo que vela caminar hacia la felicidá. Si no, naide la arrancará de los mis brazos. Yo la defiendo… Contra ti… contra todos… contra ella misma si el amor que te tien la obliga a seguite otra vez.

Pedrín: ¿Entós?…

Olvido: ¡Quédate, Pedrín!

Pedrín: Non pue ser. A mi madre non puedo abandonala.

Panoyo: Pos ya hablamos bastante entós. Si fueras un hombre… ¡un hombre!… un hombre de verdá... aquí teníes una casa y dos cariños. Pero si pienses que voy a consentir que la fía siga siendo una mártir, si prefieres la tranquilidá de los que la hicieron sufrir a la felicidá de Olvido, entós... marcha... ¡marcha!... *(Pedrín, después de avanzar hacia Olvido, inicia el mutis tambaleándose como un borracho. Olvido intenta seguirle, pero el Panoyo la detiene, diciéndole mientras aquel hace mutis)* Déjalo, fía... déjalo. Si te quier de verdá, non tardará en volver. Y si non te quier... más val que marche solo. *(Padre e hija se abrazan intensamente, mientras cae el telón)*

FIN DEL ACTO PRIMERO

ACTO SEGUNDO

La misma decoración.

Escena I
Panoyo y Rosendo.

Panoyo, con unos lentes cabalgando sobre la nariz, finge leer un grueso libro que tiene delante. Rosendo, aldeano sesentón, interrumpe nerviosamonte su lectura.

Panoyo: Uuuuuu, uuuuuu, uuuuuu....

Rosendo: Pero bueno. ¿Hasta cuándo vamos a seguir así?

Panoyo: Calma, calma... que estes coses de los linderos de finques hay que desaminales muy despacio, y como no acabo de alcontrar en esti código la ley que habla del asunto... Pero vamos a ver si podemos arreglar les coses ensin ley o en contra de la ley. ¿Quién arrancó los finaos de la tierra?

Rosendo: Home... ¡Quién diba a ser!...

Panoyo: Tú, ¿eh?

Rosendo: Home, claro. Como primero los había arrancao él, y robabame bien a gusto dos aries, yo...

Panoyo: Mal asunto, Rosendo. Lleves la de perder.

Rosendo: Tengo testigos de que primero los arrancó él.

Panoyo: Menos mal. ¿Y qué piensas hacer?

47

Rosendo: Eso ye lo que yo vengo a preguntate. Lo que pienses tú que debo pensar yo.

Panoyo: Vamos a ver, hom, vamos a ver. ¿Tienes escretura del prao?

Rosendo: Sí.

Panoyo: ¿Costa la cabida?

Rosendo: Sí. Pero no al melímetro. Son medíes antigües. Diz que son trenta aries poco más o menos.

Panoyo: Vamos, sí. Que lo mismo pueden ser venticinco que cuarenta. Y oye una cosa, hom, ¿Xuaco Mingo tien tamién escretura?

Rosendo: Sí, pero como la mía. Habla de venti aries poco más o menos.

Panoyo: ¿Y cuánto miden los dos praos xuntos?

Rosendo: Non sé.

Panoyo: Pos hay que sabelo. Porque, mira… Tal como se pusieron les coses, la única solución ye un deslinde en condiciones. Pero claro… Como ensin medíes non sabe uno a qué atenese, lo mejor ye que llames a un partidor por tu cuenta pa que mida los praos.

Rosendo: ¿Y voy a pagalo yo, hom?

Panoyo: Home, claro… Y ganarás perres.

Rosendo: Non te entiendo.

Panoyo: Escucha, Rosendo… Y precura descurrir… si puedes. Si los praos miden más de lo que dicen les escretures, mandes tú que midan primero el otro y quedeste col resto.

Rosendo: ¿Y si miden menos?

Panoyo: Pos entós… a la vicelanveras. Coges tú primero lo que te corresponde, y dejes al otru lo que queda.

Rosendo: ¡Bárbaru! Yes el diañu. No hay abogáo en Oviedo que pueda comparase contigo. Por algo tienes tú más consultes que el de la villa. *(Levantándose)* Bueno. Non te molesto más. Muches gracies y… ¿Cuánto te debo?

Panoyo: Ná, hom, ná.

Rosendo: Bueno, bueno. Gracies.

Panoyo: Ahora que… como non fumes… si quies mandame diez o doce cajetilluques pal neño…

Rosendo: ¡Chacho! ¡Non yes tú naide pidiendo!

Panoyo: Anda, anda. Que más te van a valer los mis consejos.

Rosendo: Eso sí. Pero diez cajetilles… Col precio que tienen ahora… Mandaréte cinco.

Panoyo: Manda media docena siquiera, hom. Non seas roñoso.

Rosendo: Bueno. Ya te las mandaré. *(Mutis)*

Panoyo: *(Solo)* Esto marcha. *(Transición)* Y eso que, cá vez que pienso en la fía… *(Llamando)* ¡Canelín!

Escena II
Panoyo y Canelo. Luego Pedrín.

Canelo: *(Saliendo por la puerta de la casa)* ¿Qué quier?

Panoyo: Toma. Pon esti código na bebiloteca.

Canelo: ¡Cóime! Non me atrevo.

Panoyo: ¿Por qué, hom? ¿Pienses que va a mordete?

49

Canelo: Non ye por eso.

Panoyo: ¿Entós?

Canelo: Ná. Que tá la su fía nel gofete y parteseme el corazón al vela llorar.

Panoyo: ¡Probe neña! ¡Como non se arregle pronto esi asunto!…

Canelo: ¿Oyóla llorar de noche, hom?

Panoyo: ¿Non la iba a oír, Canelín? Tampoco yo pude dornir. Pasó más de seis hores, cavila que te cavila, y ná. Por más que pienso, no alcuentro solución. Si la neña vuelve pa co la suegra, seguirá siendo una mártir. Y no. No hay padre capaz de dejar disgraciase a una fía. Y si sigue ella aquí y el otru en su casa… *(Entra Pedrín por la derecha)*

Canelo: Que venga Pedrín.

Pedrín: ¡Aquí toy!

Panoyo: ¡Barajoles! Esto paez cosa de misteriu.

Pedrín: ¿Non preguntaben por mí? Pos aquí me tienen… y dispuestu a solucionar el asunto. ¿Ónde tá Olvido?

Panoyo: En casa la tienes, llorando ensin parar.

Canelo: Aspera. Voy a decíi que tás aquí.

Panoyo: ¿Entós…? Cuenta, Pedro. ¿Qué pasa?

Pedrín: ¡Que non quiero sufrir más… ni que sufra la su neña! *(Sale Olvido por la puerta de la casa)*

Escena III
Panoyo, Olvido y Pedrín

Olvido: ¡Pedrín!

Pedrín: ¡Olvido! *(Se abrazan llorando)*

Panoyo: (¡Hasta yo siento ganes de llorar viendo esto!)

Pedrín: Non llores, neña. Les tus lágrimes acabaronse.

Panoyo: ¿Entós?

Pedrín: Ayer, cuando llegué a mi casa, tuve una discusión terrible co les muyeres. Díjeyos lo que merecíen.

Panoyo: ¿Sí, hom? Pos mucho i-os dijiste entós.

Pedrín: Después fui pa la cama. Ya puedes imaginate lo que dormí.

Olvido: Como yo.

Pedrín: Hasta el amanecer non pude pegar los güeyos. Y cuando desperté, después de dormir un pocoñín, al dame cuenta de que taba solo... ¡sentí unes ganes tan terribles de llorar...!

Olvido: Calla... calla...

Pedrín: Pero non llores, santina, que non quiero ver otra lágrima nesa carina de rosa. Hoy vuelves comigo pa casa... ¡y que naide se atreva a decite nada que pueda hacete sufrir!

Panoyo: ¿Y ye esa la solución que traes, Pedro? Disvía, anda, disvía... porque de eso ni hablar, ¿oyes? ¡De eso ni hablar! La mi Olvido non vuelve pa tu casa. Ya lo sabes.

Pedrín: Pero...

Panoyo: De eso ni hablar. Si vienes solo con la pretensión de que te acompañe, podíes ahorrate el viaje. Además, venir ofreciendo la felicidá, pa salir después con lo que saliste, ye un crimen, rapaz... ¡un crimen! Llenar de alegría y de esperanza el alma de la mi neña pa matailes después co la pretensión de que vuelva pa onde i ficieron sufrir tanto... eso non te lo consiento. Ya lo sabes. Así que, si non tienes más que decir, puedes volver pa tu casa.

Olvido: Calle, padre... y non diga eso... aunque tien razón.

Pedrín: ¡Olvido!

Olvido: Sí, tien razón. Volver yo ahora pa tu casa, después de lo que pasó, sería hacer de aquello un infierno. Tú non vas a consentir que sigan les coses como hasta ahora... y tu má non va a querer que yo sea allí algo mientras vivan ella y les tus hermanes. Yo soy allí la forastera, la extraña, la que y-os fue a robar el cariño del tío y del hermano.

Pedrín: ¡Si les quiero igual que antes!

Olvido: Pero ellos crén que no. Por eso pasaba lo que pasaba. Tú non te dabes cuenta de ello. Yo, sí. Un día, nunca se me olvidará, volvíes tu del trabayo. Había llovido. Mojareste mucho. Cuando entraste en casa, salíamos toes a recibite. Tu má habíate preparao una muda. Yo, otra. Escogiste la mía...

Pedrín: Acuérdome, sí.

Olvido: Pero non te acuerdes de la mirá que me echó tu má. Una mirá fría, dura… llena de celos. Pa ella fue como una puñalada el que tu escogieras la mi ropa. Y por eso, aunque sea una santa, porque ye madre tuya y toes les madres son santes… al ver que tien que repartir el tu cariño con una extraña, siente celos, como los tien de mí y como los tendría de cualcuier otra que ocupara el mi lugar. Por eso pasaba lo que pasaba. Y ye que… muches veces, el cariño verdadero, en vez de hacenos mejores, conviértenos en inaguantables pa con les persones que ocupen un sitio en el corazón del ser a quien queremos.

Pedrín: Sí… sí… Ye verdá. Pero… si tu quisieras… a lo mejor podíen arreglase les coses.

Olvido: Que vengan elles a veme… y hablaremos.

Pedrín: Elles non quieren venir.

Olvido: ¿Y quieres que vaya yo pa que me humillen más?

Panoyo: Eso, eso.

Pedrín: *(En cuyo rostro se refleja la lucha interior que sostiene, despúes de una pausa llena de ansiedad)* Tienes razón… Tienes razón. Son elles les que tienen que arreglar el nuestro asunto… porque elles tuvieron la culpa. Y como non quieren venir a pedite perdón y yo non puedo vivir ensin tí, aceto la envitación que me hicisteis ayer y quédome aquí a vivir con vosotros.

Olvido: *(Abrazándolo)* ¡Pedrín!…

Panoyo: (*Queriendo abrazarlo también*) ¡Déjame sitiu, fía!

Pedrín: A mí sólo me importa la tu felicidá. Quiérote con toa el alma. Yes pa mí más que naide nel mundo. Y por ti, por ver florecer en esa boquina de rosa roses de risas, hago tó lo que hay que hacer.

Panoyo: ¡Fíos del alma!

Pedrín: ¿Tará contentu, eh?

Panoyo: ¿Contento? Contento ye poco. Siento una alegría tan grande que non sé lo que me pasa. ¡Ay, qué felices vamos a ser todos! La neña porque te tien a ti. Tú porque tienes a la neña. Y yo... yo... Bueno. Muches veces pensé en ver realizao estu; pero nunca creí que diba a ser tan feliz como soy. ¡Tener pa siempre al mi lao a la fía del alma y vela más contenta que unes pascues! Andai, andai pa casina, pa la nuestra casina... Y allí, sentadinos los tres, pondrémonos de acuerdo sobre lo que vamos a hacer en adelante. ¡Fíos del alma! (*Mutis los tres por la puerta de la casa*)

Escena IV
Micaela, Calzonín y Lalo.

Micaela: (*Entrando con Calzonín y Lalo por la izquierda*) Bueno, bueno, bueno... ¡Qué ladrón y qué bandido! Y menos mal que nos dimos cuenta a tiempo.

54

Calzonín: A mí ya me daben mala espina algunes de les coses que me decía. Pero, pa salir de dudes, mandéte a llamar a casa del partidor y... ya viste.

Micaela: Y yo que non pensaba dir...

Calzonín: Pos hubiérasla hecho buena.

Micaela: Bueno, bueno... Es que non salgo del asombro. Vecinos de toa la vida y... Ahora que, en mediu de tó, ye listu, ¿eh? Fíjate. Metiónos el cuento de los decomentos que teníamos pa fastidiar al otru y... Pero ya me oirá, ¡calla!

Calzonín: Déjalo. Además.... non convién. Panoyo ye mal enemigo. Sabe demasiau. Déjame a mí... y llama a la tu fía pa que se entere de lo que se me ocurrió.

Micaela: Bueno, bueno. *(Llamando)* ¡Carmina! ¡Carmina!

Lalo: *(Un rapaz con cara poco inteligente, aparte)* Pero... ¿qué diablos pensaría mi pá?

Carmina: *(Saliendo)* ¿Qué quier?

Micaela: Tu tío te lo dirá.

Carmina: Hola, tío. ¿Qué cuentes, primo?

Lalo: Ná. ¡Qué quies que cuente!

Calzonín: Yo soy el que va a contalo tó. Y ye muy sencilllo, verás. Nosotros tenemos que repartir una herencia. Y como tú yes fía única, y el fío míu tamién ye único y primogénito, y ninguno de los dos tenéis compromiso...

Lalo: ¡Eso!...

Carmina: ¡Yo tengo mozo!

Lalo: ¡Y yo moza!

Carmina: ¡Y yo quiérolo!

Lalo: ¡Y yo quiérola!

Carmina: ¡Y yo non lo cambio por naide!

Lalo: ¡Y yo tampoco!

Calzonín: Bueno, bueno... ¡Hablai callando!

Carmina: Ye que...

Micaela: ¡Silencio!

Lalo: Pos yo...

Calzonín: ¡A callar! Bueno. Pos, como vos diba diciendo, vosotros dos podéis ser los arregladores de les particiones. Casaisvos, renúnciamos en favor vuestro a too lo que nos toca y tó queda en casa. ¿Qué vos paez?

Carmina: Pero...

Lalo: ¡Oiga, hom!

Calzonín: Nada, nada. Vosotros a callar. Les coses relatives a los matremonios deben arreglales los padres. Los mozos non sabéis lo que vos convién.

Micaela: Claro... claro... Y como el tu rapaz ye un neño trabayador y aplicao... ná. Trato hecho. A casase. Solamente porque el ensinvergüenza del Panoyo non se ría co les mis perres, soy capaz de... Vecinos de toa la vida y...

Calzonín: De acuerdo entós, ¿eh?

Micaela: Claro, hom, claro.

Calzonín: Pos entós, marcho, que tengo muches coses que hacer... y Gaspara tará entranquila esperando el resultao de la conferencia. Así que hasta otra hora en que volveré más despacio pa que me convides a algo finu. Y tú, fío, non tengas prisa... Corteja hasta que canses. Tendréis tantes coses que decivos... *(Mutis izquierda)*

Micaela: Adiós, cuñaín. *(Iniciando el mutis en direccion a su casa)* Cortejai... cortejai... Y non vos apuréis sin non sentiis el uno hacia el otru más que cariño aprimao. Ya me veis a mí. Tamién yo me casé col mozo que escogió mi padre... y aunque al emprecipio non lu quería, después, cuando fueron pasando los años... *(Mutis casa)*

Lalo: Bueno, marcho.

Carmina: Espera un pocoñín.

Lalo: ¿Tienes algo qué decime?

Carmina: Sí.

Lalo: Habla.

Carmina: Lalo... Tú... ¿quiesme?

Lalo: Sí, mucho. Pero... como a una prima.

Carmina: Y yo a ti lo mismo.

Lalo: Yo quiero a Susa.

Carmina: Y yo al Canelo. *(Pausa)* ¡Vaya lío que nos armaron! Querer que nos queramos y nosotros ensin querer querenos porque queremos a quien nos quier.

Lalo: Coses de mió pá. ¡Tien cá golpe!

Carmina: Porque claro... casase ensin querese... ¿Y cómo nos arreglamos pa salir de esti apuro, tú?

Lalo: Yo qué sé. Porque... si me niego... ¡mátame!

Carmina: ¡Y a mí!

Lalo: Y hay que arreglase. Porque, si nos casamos, facemos cuatro desgracies; la tuya, la mía, la de Susa y la del Canelo. |

Carmina: ¿Entós? Porque…

Lalo: Non sé. Por más que cavilo…

Carmina: Ya tá. *(Dando unos saltos en la escena)* ¡Ya tá!

Lalo: Habla.

Carmina: Verás. Nosotros, delante de la xente, hacemos como que nos queremos. Yo, mientras tanto, toy col Panoyo, que sabe tanto de estes coses y que tendrá interés en non perder el asunto de les particiones, y dentro de unos días… ¡cataplún!… too arreglao. *(Entra en escena el Canelo, que se detiene sorprendido)*

Lalo: *(Cogiendo las manos a Carmina)* Ay, qué primina más guapa tengo. Bueno. No hay otra como tú. ¿Quedamos en eso, eh?

Carmina: Aspera. Voy yo contigo. Así, charlando, charlando, acabamos de ponenos de acuerdo. *(Mutis los dos por la izquierda)*

Escena V
Juana, la Manila y Canelo

Canelo: Pa que se fíe una de les muyeres. Hoy po la mañana fue a la fuente y juróme amor eterno y matrimoniero. Y a las dos hores, cortejando con otro, con un primo. Bueno, con un primo familiar… porque el único primo que hay aquí de la otra clase soy yo.

Juana: *(Por la derecha)* Oye, rapaz… ¿tá el mi fíu en esa casa? *(La Manila es una aldeana de sesenta años largos, viste de luto)*

Canelo: Sí, hom. Y pa siempre. Ya non marcha. ¡Tán toos más contentos!…

Juana: Pos díi que salga un momento.

Canelo: No. No. ¡Diga-ilo usté! A lo mejor…

Juana: Llámalo.

Canelo: Bueno; bueno. *(Mutis casa)* ¡La que se va a armar!

Juana: ¿Que ya non marcha? Eso tá por ver.

Escena VI
Juana, Olvido, Panoyo y Pedrín

Pedrín: *(Entrando en escena con Olvido y Panoyo)* ¡Madre! ¿Qué quier, hom?

Juana: ¡Decir a esa xente lo que naide i-os dijo!

Panoyo: ¿Vas a llamanos algo fino?

Juana: ¡Voy a llamate como mereces!

Pedrín: Pero… ¡madre!…

Juana: Calla tú. *(Al Panoyo)* Que quies… engatusar al mi neño pa que se quede a vivir con vosotros, ¿eh? Claro, non me extraña. Así viviréis toos a costa del su sudor. ¡Pero non se queda y non se queda!

Panoyo: Pos el diz que non marcha.

Juana: ¡Que me lo diga a mí!

Pedrín: A usté y a tol mundo. ¡Yo no abandono a Olvido!

59

Juana: ¡Ay! Ahora veo clares les coses. ¡A ti dieronte algún bebedizo! Porque si no, non seríes capaz de dejar a tu madre por esta mosquina muerta.

Pedrín: Esta mosquina muerta, como usté diz, ye la mi muyer. Ante el altar juré querela siempre y no abandonala nunca. Llevela pa con usté con la intención de que fuera una fía más. Pero usté y les mis hermanes, en vez de tratala como merez, hicieron-i la vida imposible. Ayer, non pudiendo aguantar más, tuvo la probina que marchar de casa. ¿Qué quería usté que hiciera? ¿Abandonala? ¡Quiérola más que a mí mismo! ¿Obligala a volver comigo pa que usté y les mis hermanes la siguieran martirizando? ¡Tampoco! ¿Separanos una temporada? Non podemos vivir el uno ensin el otru. Por eso me quedo aquí, al lao de ella y pa siempre.

Juana: ¿Y abandones a tu madre, Pedrín?

Pedrín: Eso tampoco. Usté ye mi madre… llevóme nes sus entrañes… crióme co los sus pechos… y doy hasta la sangre si la necesita. Pero Olvido ye la mi muyer.

Juana: ¡La tu muyer… y el mi veneno!

Olvido: ¡Non diga eso! ¡Si usté hubiera querido!…

Juana: Sí, el mi veneno. ¡El mi veneno! Porque yes tú la culpable de too. Tú, sí, tú. ¡Tu sola! Si el día que éste se casó contigo hubiera enfermao, aunque fuera de pulmonía… ¡valía más!

Pedrín: ¡Madre!

Juana: ¡Non te asustes, que non digo más que la verdá! La mi casa yera una balsa de aceite.

Nunca había una riña. ¡Y en cuantu llegó ésta!…

Panoyo: Porque a ti no hay quien te aguante, ¡qué la mi neña ye una santa!

Juana: ¡Ya, ya, ya!

Panoyo: ¿Quién emprecipió a reñir, vamos a ver?

Juana: ¡La que tenía motivos!

Panoyo: Motivos… ¿Qué motivos teníes pa day la leche na taza'l gatu?

Olvido: Calle, pá… ¡Déjela!

Pedrín: Sí, sí… ¡Déjela!… Y usté, madre, vaya pa casa. Los escándalos a ná conducen. Y como usté, en vez de precurar arreglar les coses, vien a estropiales más…

Juana: Sí, marcho… marcho. Pero no ensin decite antes que nunca sufrí tanto como ahora. Que el fíu que lleve nes entreñes me abandone…

Pedrín: Madre… ¡Non diga esu!

Juana: Sí… ¡Dígolo! ¡Dígolo!… Y esa… Bueno. A esa no i digo ná. Quédate con ella. Pero ya recibiréis el castigo que merecéis los dos. Tú… por descastao. Y ella por hacer lo más malo que se puede hacer en esti mundu; ¡separar a un fío de una madre! *(Mutis rápido por la derecha)*

Pedrín: ¡Madre… Madre!

Olvido: ¡Pedrín! Vete con ella… ¡vete con ella!… Asustóme eso que me dijo. *(Entra el Canelo por la derecha)*

Pedrín: No. A ti non te abandono nunca. Y eso de mi madre… ¡ya lo arreglaremos!

Olvido: Sí, pero…

Pedrín: A ti non te abandono nunca.

Panoyo: Eso juraste ante el altar... y eso tienes que hacer. Pero non te apures, neña del alma. Ya verás como too tien arreglo. Si entre una suegra y una nuera, cuando emprecipien los desgustos, ye imposible un acuerdo, entre una madre y un fío no hay desgusto que dure. El amor too lo soluciona. Así que alegra-i esa cara... y andai, andai... que, si seguimos así muchos días, ¡vamos a acabar con la tila de tol conceyu! *(Mutis los tres por la puerta de la casa)*

Escena VII
Carmina y Canelo

Canelo: Bueno, esta casa paez la casa de les lágrimes. Llora Olvido, llora Pedrín... ya hasta el Canelo paez que tien ganes de hacer pucheros. Y too por culpa de una suegra. No, si en medio de too fue una suerte el que Carmina me haiga resultao infiela. Tenía razón el Panoyo. *(Entra Carmina por la izquierda y se dirige corriendo al Canelo)* Aquí tá. Voy a echar un cantarín pa que non piense que me importa. *(Cantando lo peor posible)*

La rapaza que corteja
por los cuartos con un primo,
non merez de los rapazos
estimación ni cariño.

Carmina: Canelín… ¡Non cantes eso!

Canelo: Canto lo que quiero. ¡El cantar non ye pecao!

Carmina: Cantar por cantar, no. Pero cantar pa molestar al prójimo, sí.

Canelo: Aquí no hay más prójimo que yo. Así que…

Carmina: Home… Canelín… Con lo que yo te quiero…

Canelo: ¡Cuento!

Carmina: ¡Sí, quiérote, quiérote!

Canelo: ¿Tu quies engañane, hom?

Carmina: ¿Engañate?

Canelo: Sí. Poneme gafes ahumaes pa que non vea claro… Pero llegues tarde, ¿sabes? Haz un pocoñín dime cuenta de too.

Carmina: ¿Haz un poco?

Canelo: Sí

Carmina: ¿Ónde?

Canelo: Aquí mesmo.

Carmina: Pero…

Canelo: ¿Non me negarás que tabes bien amartelá col melandru del tu primo?

Carmina: Home… ¡Si yera pa engañar a mi má!

Canelo: Sí, pero les manos yeren tuyes.

Carmina: ¿Les manos?

Canelo: Sí. Bien lo vi acariciándotelas.

Carmina: Home… ¡Yera en broma!

Canelo: En broma, ¿eh?

Carmina: ¡Y en confianza!

Canelo: ¡Pos la rapaza que permite eses confiances haz desconfiar a los demás!

Carmina: Canelín… ¡Non digas eso!

Canelo: ¡Pos si supieres lo que callo!

Carmina: ¿Y qué ye lo que calles?

Canelo: Lo que non quiero decir.

Carmina: ¿Y qué ye lo que non quies decir?

Canelo: Lo que callo.

Carmina: Pos vas decilo, ¿sabes?

Canelo: ¡Eso será si quiero!

Carmina: Pos vas a decilo, y muy pronto. Yo soy una moza formal y non consiento que naide piense mal de mí.

Canelo: Calla, veleta con faldes. ¡Formal tú y, a la media hora de jurame a mí amor cariñoso y matrimoniero, poneste a cortejar con un primo!…

Carmina: ¡Si cortejé con él fue porque te quiero!

Canelo: ¡Muy guapo, hom!

Carmina: Si. ¡Porque te quiero! ¡Porque te quiero! Escuchame, Canelín. Tú ya sabes que mi má anda ahora a vueltes col asunto de les particiones. Bueno, pos ahora, non sé porqué, después de llevar varios años ensin hablase, púsose de acuendo con mi tio Calzonín y decidieron casanos a mí y a Lalo. Pero ninguno de los dos queremos. Lalo quier a Susa y yo quiérote a ti, que yes un mozo muy curro. Por eso hablamos los dos: pa ponemos de acuerdo sobre la manera de no mos casar el uno con el otro sino con la otra y el otro. Porque yo

64

quiérote a ti sólo, Canelín, a ti sólo... y toy dispuesta a casame contigo cuando seas un buen madreñeru y puedas manteneme ensin trabayar.

Canelo: Vamos, sí... ¡Tú lo que quies ye vivir a costa de alguno!

Carmina: ¿Riste de mí? Pos ahora ye cuando non vuelvo a hablar una palabra contigo. ¡Desconfiau!... ¡Qué non mereces que te quiera como te quiero! *(Inicia el mutis en dirección a su casa)*

Canelo: *(Siguiéndola)* Carmina... ¡Si yera en broma!

Carmina: ¿En broma, eh? Pos ni en broma ni en seriu te quiero volver a ver, ¿sabes? Ya verás. ¡Ahora cásome con Lalo! *(Mutis casa)*

Escena VIII
Micaela y Canelo.

Canelo: Ay, eso no... ¡Carmina, Carmina!...

Micaela: *(Entrando en escena por la puerta de su casa)* ¿Qué pasa que tanto llames a Carmina?

Canelo: No, si non la llamo. Ye que...

Micaela: ¿Qué?

Canelo: ...Taba cantando.

Micaela: ¿Cantando y llamabesla?

Canelo: ¡Pero no a la su fía!

Micaela: Pos no hay más Carminas que ella por aquí.

Canelo: ¡Pero hay la del cantar!

Micaela: ¿La de qué cantar?

65

Canelo: El cantar de Carmina.

Micaela: ¡Esi me paez que te lo voy a cantar al son de la escoba!

Canelo: ¿Piensa que la engaño, hom? Pos voy a cantailo. *(Cantando)*

> ¡Carmina, Carmina,
> Carmina, Carmela...
> Yes de la quintana
> la más guapa neña!

Micaela: ¡Como si fuera la más fea! Pa ti ye igual.

Canelo: Bueno, hom, bueno.

Micaela: ¡Maricamandiles! ¡Mangante! ¡Si non vales pa ná! Por eso non te quiero pa la mi fía, ¿sabes?

Escena IX
Dichos y Panoyo.

Panoyo: *(Por la puerta de su casa)* ¿Qué pasa?

Micaela: ¡Lo que a ti non te importa!

Panoyo: Pero...

Micaela: *(Al Canelo)* Non te escondas, no.

Panoyo: Pero...

Micaela: Ya te lo explicarás tú mesmo. Po lo pronto, puedes dir despidiéndote de les particiones míes. El mi cuñao y yo, de común acuerdo, rompimos esos decomentos de que hablabes... y como nos dimos cuenta de la poca vergüenza que tienen algunes persones, ya nos la darán con queso. Y en cuanto al tu criau, que non lu vuelva a ver por aquí, porque… *(Mutis casa)*

Panoyo: Pero…

Canelo: Que tá lloca, hom. Enganchóme haz un poco hablando co la fía… y por poco me mata.

Panoyo: ¿Pero non te dije el otru día que cortejaras a lo roncha ná más, hom?

Canelo: Ahora ni a lo roncha ni a lo otro. Va a casase con Lalo.

Panoyo: ¿Col fío'l Calzonín?

Canelo: Sí.

Panoyo: Pero… Ay, ahora me doy cuenta de tó. ¡Po lo visto pusiéronse de acuerdo y descubrieron el engañu! Pero no. ¡Esi choyo non lo pierdo, Canelín!… Tienes que casate con Carmina.

Canelo: ¡Non quiero!

Panoyo: ¡Pos tienes que querer!

Canelo: ¡Carmina non tien chapleta!

Panoyo: ¡Pero tien perres y conviente!

Canelo: Sí, pero… como reñí con ella…

Panoyo: ¡Eso non tien emportancia! Ya te amigarás.

Canelo: Sí, sí… *(Desconfiado)* Pero… oiga una cosa, hom. ¿Por qué ayer non quería que hablara con esa moza y ahora mandame casame? Non lo entiendo.

Panoyo: Porque… porque pensé les coses mejor.

Canelo: ¡Aquí hay gato encerrau!

Panoyo: Home… Canelín. ¿Vas a desconfiar de mí, hom? ¡Como si non me conocieras!

Canelo: Por eso mismo. ¡Porque lo conozco!

Panoyo: Non seas cuadrúpedo ni endígeno. Yo, si te aconsejo que te cases con Carmina ye porque veu que te convién. Ye simpática, ye güena, ye guapa, ye trabayadora... Y como ella te quier a ti sólo... *(Canelo ríe)* ¡Ah! ¡Vamos! ¡Ya te ris! Pos ná. Aquí de lo que se trata ye de cortejar ensin que Micaela se dé cuenta y... de eso encárgome yo.

Canelo: ¿De verdá?

Panoyo: Sí, hom. Después, cuando pasen días, mandes-i que llore ensin parar, que se ponga de rodilles delantre de ella, y ya verás... ¡antes de un mes, casaos!

Canelo: Bueno. Usté ye el diañu.

Panoyo: Ye que quiero vete feliz, Canelín. Yo ya lo soy, porque tengo la fía al mi lao, pero, como sé que tú solo lo puedes ser al lao de esa moza, allanaréte el camín. *(Canelo baila la jota)* Bueno. Pero por eso no abandones el trabayo. Mira a ver si traes esos pares que tenemos na cuadra pa acabalos.

Canelo: Bueno, bueno... Con tal de casame con Carmina soy capaz de trabayar ensin descanso. *(Mutis derecha primer término)*

Panoyo: Ay, Micaela... Micaela... ¡Me paez a mí que voy a acabar metiendo el focicu nes tus particiones!

Escena X

Panoyo y Pedrín. Luego Olvido.

Pedrín: *(Por la puerta de su casa)* ¿Ayudo-i?

Panoyo: No, home, no. ¿Y Olvido?

Pedrín: Ya tá más tranquila. Quedó na cocina preparando el almuerzo. Yo, mientres, voy a dir hasta el prao de la veguina. Como tán les preses ensin limpiar...

Panoyo: Bien, bien. Y, oye una cosa, hom. Si te paez... podíes limpiar el míu de la Reguerina.

Pedrín: Sí, home, sí. Desde hoy cuidaré yo también de la su hacienda. Té tranquilo.

Panoyo: Gracies, rapaz. Así podré dejar les madreñes...

Pedrín: ¿Piensa andar de botes, hom?

Panoyo: Pienso dedicame de lleno a les particiones y a les consultes.

Pedrín: Home... ¡Deje eso!

Panoyo: ¿Que qué, hom? ¡Da muches perres!

Pedrín: Pero eso de andar cobrando a los vecinos...

Panoyo: El que tien cencia vive siempre de ella. Los médicos, los abogaos, los endustriales, los barberos, los veterinarios, los maestros, los ebanistas y los músicos cobren el su aquel cá vez que un particular los llama. Pos, si ye así... ¿por qué non voy yo a cobrar lo que me paez justo si tamién estudié lo mío en custión de leys? Además... aunque y os cobre algo, más caro i-os saldría el asunto si lo ponen en manos de un abogáu.

Pedrín: Bueno, bueno. Por mí... Lo que usté quiera. Non vamos a reñir por eso.

Panoyo: ¿Reñir nosotros? ¡Nunca! Una riña nuestra sería un desgusto pa la neña. Y antes de hacei sufrir a esa santina soy capaz de... Bueno... ¡Hasta de dejar les particiones y les consultes! *(Entra Olvido en escena por la puerta de su casa)* Escuchame, rapaz. Y escuchame tamién tú, fía. Vamos a vivir los tres xuntos que sé yo cuanto tiempo. En la otra casa pasó lo que pasó porque les madres, por querer demasiau a los fíos, quisieran siempre que fueran como neños del rollo y que naide recibiera de ellos un cariño mayor que el de elles reciben. Ahora vais a vivir comigo. Y como lo que yo quiero ye que nunca haiga el más pequeño desgusto entre nosotros... voy a decivos una cosa que tenía decedida cuando pensaba que ésta diba a casase pa vivir en casa. Desde este momento sois los amos de too... de too... menos del bofete, ¿eh?, que esi quiero seguir explotándolo yo. Y oyíime bien, fíos del alma. Si algún día me pongo empertenente... voy a davos el arma que tapará la mi boca. Hoy de tarde, apenas coma, diré hasta la villa a ver al siñor notario y harévos escretura de too lo que tengo... pa que en esta casa non haiga más autoridá que la vuestra. ¡Non quiero que pase lo que pasó en el otro lao!

Olvido: ¡Eso no, padre!

Panoyo: Eso sí, fía. Conozco el mundo mejor que tú… y conozcome a mí mismo. Por eso voy a obrar así. Y déjovos, que el preparar los papeles lleva tiempo y… *(Mutis casa)*

Olvido: ¡Qué güenu ye! Pero no i debemos dejar hacer eso.

Pedrín: Descuida. Mientras comemos, quitaremosilo de la cabeza.

Olvido: ¿Ónde vas?

Pedrín: Hasta el praín.

Olvido: ¿Déjesme ir contigo?

Pedrín: ¡Qué más quiero yo! Anda, sí, que mientras trabayo, oyéndote hablar, marcharánse del alma les tristezas que tengo. Además… paezme que hay un año que non charlo contigo… ¡Si supieras lo que me rindió la otra noche!… Pensé que non se acababa nunca. El dolor alarga les hores hasta convertiles en siglos. Pero ahora, al tenete de nuevo al mi lao y pa siempre, y al pensar que tuve que retorcer el corazón y olvidar el otro cariño pa no abandonate a ti… paezme que te quiero más que nunca… y que necesito, más que nunca tamién, pa que la rosa del tu amor oculte la espina de la mi pena. Anda, sí, ven conmigo, que nunca te necesité tanto como ahora.

Olvido: ¡Pedrín!… Tampoco yo te quise nunca como te quiero ahora. Vamos. ¡Y ya verás como poco a poco vuelve a las nuestras almas la alegría de antes! *(Mutis los dos por la izquierda)*

71

Escena XI
Carnina y Micaela.

Micaela: *(Por la puerta de su casa)* Sal, fía, sal, que non tá per aquí esi magüeto.

Carmina: Home... ¡Má! ¿Usté piensa que necesito vegilancia, hom? ¡Qué dirá la xente!...

Micaela: Que digan lo que quieran. Yo propuseme una cosa y he de conseguila. Y como haz un poco andaba por aquí el Canelo... non quiero que te tropieces con él.

Carmina: ¿Entós non voy a poder salir de casa, hom?

Micaela: Cuando haiga peligro de tropiezo, no.

Carmina: Pos puede tar bien tranquila. Entre Canelo y yo no hay nada.

Micaela: Pero puede habelo. *(Entra el Canelo en escena y se esconde)*

Carmina: Non lo habrá.

Micaela: ¡Ay! En la ceniza de los recuerdos siempre queden brases de querencia. ¡Dímelo a mí! *(Haciendo mutis)* Bueno... Non tardes, ¿eh?

Carmina: Descuide. *(Mutis Micaela por la casa)*

Escena XII
Carmina y Canelo

Canelo: Carmina... ¡Carminina!...

Carmina: Non me hables, non me hables y non me hables.

Canelo: ¿Non te amigues más comigo, hom?

Carmina: No, no y no. Antes dijísteme una cosa que non te perdono.

Canelo: Home... Carminina... ¡Yera en broma!

Carmina: En broma, ¿eh? ¡Si supieras cuánto lloré!...

Canelo: Mialma, ¿Carminina?

Carmina: Home... ¿Non diba a llorar diciéndome lo que me djiste?

Canelo: Bueno... Soy un burro, un animal y un cuadrúpeto... y un endígono. ¡Facete llorar a ti!... ¡Perdóname, Carminina! Desde hoy, aunque te alcuentre col tu primo, cerraré los güeyos pa non ver que te coge po les manes. Anda, amígate. Creo en ti. Non dudaré más.

Carmina: No, no y no.

Canelo: ¡Co lo que yo te quiero!...

Carmina: Tamién yo te quiero a ti.

Canelo: ¿De verdá, Carminina?

Carmina: De verdá. Pero ye igual. Como si non te quisiera. Non pienso volver a mirate pa la cara.

Canelo: Home...

Carmina: No hay home que valga. Tú dudas de mí. Y como el que duda non cré, y el que non cré non quier, y que non quier non merez que lo quieran... yo non quiero querete más. Por tu culpa lloré... por tu culpa pégame mi madre y por tu culpa voy a casame con Lalo.

Canelo: ¡Ay, eso no, Carminina! ¡Moriríame de pena!

Carmina: ¿De verdá te mories?

Canelo: Ya lo creo. ¡Matábame!

73

Carmina: Home… ¡Si te mates, non mueres!

Canelo: ¡Pos yo non vi a ninguno suicidiase y quedar vivo! Además… si non me sucidio… moriré berticuloso. Pero non voy a tener necesidá de morime, ¿eh, Carminina?

Carmina: ¿Pienses quedar pa contalo?

Canelo: Déjame acabar, hom. ¿Verdá que non voy a tener que morime de pena?

Carmina: Home… ¿Tan mala me crés?

Canelo: ¡Ey!… *(Dando unos saltos)* ¿Amigámonos entós?

Carmina: Claro, hom.

Canelo: ¿Y pa qué me ficiste sufrir tanto, vamos a ver?

Carmina: Tamién yo sufrí. Calla.

Canelo: Más que yo, no… porque, cá vez que pienso que pensé que ya non me queríes…

Carmina: Si hablaba col mi primu, yera pol muestro bien, bobo. Ya te contaré, lo que pasa. Ye algo muy largo… y puede salir mi má de casa. Quieren casame con Lalo, pero ni él ni yo queremos.

Canelo: Pero…

Carmina: Anda comigo. Ya te contaré. Por ahora bástete saber que te quiero a ti sólo… que pienso sólo en ti, y que nadie me hará cambiar. *(Iniciando el mutis)*

Canelo: ¡Viva tu madre! Bueno, no, que non viva, porque, si vive ella, no nos dejará vivir a los demás.

Carmina: Home… Non digas burraes, Canelín.

Canelo: *(Siguiéndola contentísimo)* Non sé nin lo que digo. ¡Toy tan contentu!... ¡Ey! Lo que voy a querete desde ahora, manzanina prieta. *(Mutis los dos por la izquierda)*

Escena Final
Sara, Panoyo. Luego Olvido y Pedrín.

Sara: *(Por la derecha. Sara tiene unos treinta años y cara de solterona amargada)* Pedro ¡Pedro!... *(Muy nerviosa)*

Panoyo: *(Por la puerta de su casa)* ¡Má! ¿Qué pasa, hom?

Sara: ¿Ónde tá Pedro?

Panoyo: *(Señalando hacia la izquierda)* Míralo. Allí lo tienes. *(Llamando)* ¡Pedro! ¡Pedro! *(Pausa)* Entós, qué, hom, ¿hay alguna novedá?

Sara: ¡Ya se lo puede suponer! El disgusto que antes llevó mi má por culpa de la su fía tenía que traer consecuencias.

Panoyo: Oye, oye, que la mi fía...

Pedro: *(Entrando en escena por la izquierda seguido de Olvido)* ¡Sara! ¿Qué pasa?

Sara: ¡Que i dió mal a madre! *(A Olvido)* ¡Esa ye la tu obra!

Olvido: No digas eso. ¡Yo no soy la culpable de ná!

Pedro: Pero... ¿Qué pasa?

Sara: Que cuando marchó de aquí, ná más llegar a casa, desmayóse la probina.

Pedro: ¿Y qué?

Sara: Ya recordó.

Panoyo: *(Aparte)* (¡Qué pena!)

Sara: Pero tá mal, muy mal... Tenemos mieu. Anda, ven comigo.

Panoyo: Sí, rapaz... Vete a ver a tu má. Cuídala, acaríñala y al escurecer... a dormir aquí.

Pedro: Non sé si podrá ser. Porque... si, con sólo oír que me quedaba a vivir en esta casa, se puso cómo se puso... ¿qué pasaría si la abandono, cuando llegue la noche? No. Hoy no esperen por mí. Pero non se apure por eso. Yo dí una palabra... y cumpliréla por encina de too. Antes de renunciar a vivir con Olvido soy capaz de cualquier cosa. Pero... ahora... al saber que mi madre tá mala...

Olvido: Tienes razón. El tu puesto tá al lao de tu má. Y el mío tamién.

Sara: Pero tú... ¿tú?... ¡No! Tú non tienes ná que hacer allí.

Olvido: Tando enferma la madre del mi hombre, tengo el deber de cuidala como una fía.

Sara: *(Vencida)* Tienes razón. Vamos.

Panoyo: ¿De moo y manera que, después de tanto como te hicieron, vuelves p'allí, fía?

Olvido: Voy hasta allá... porque me necesitan. Pero pa volver después. En aquella casa non podré vivir nunca más. Pero... habiendo como hay un dolor allí, la mi obligación ye dir a intentar curalo col cariño que a mí me negaron. Vamos, Pedro. *(Inician el mutis los tres muy aprisa)*

76

Panoyo: *(Viéndolos marchar)* Fía... ¡Fía! Pero no. Marcha, marcha... Sigue el tu camín. Quiero más vete sufrir por buena que no contemplar la felicidá tuya a costa del dolor de los demás. ¡Fía del alma! *(Se sienta limpiándose las lágrimas a puñetazos mientras cae el telón)*

FIN DEL ACTO SEGUNDO

ACTO TERCERO

La misma decoración.

Escena I
Panoyo y Canelo.

Panoyo: *(Trabajando afanosamente)* Trabaya, Canelín, trabaya.

Canelo: ¿Más tovía, hom?

Panoyo: Sí, más tovía. Son muchos los encargos y quiero dejalos acabaos antes del domingo.

Canelo: Non sé si podrá. ¡Ya tamos a jueves!

Panoyo: Trabayando día y noche...

Canelo: ¿Día y noche? Muy fuerte i entró.

Panoyo: Coses de la vida, Canelín. ¿Extráñate, eh?

Canelo: Home, claro. Que usté se haiga hecho trabayador ye tan raro como que Micaela deje de ser geniuda. Porque... la verdá... usté, hasta haz poco, col pretextu de les consultes y de les particiones non daba golpe... y ahora, además de trabayar na ofecina hasta que sé yo cuándo, non apara de facer madreñes. ¿Qué? ¿Non vuelve, Pedrín?

Panoyo: Vendrá... en cuanto la madre se ponga bien. Eso me dijo el último día que lo vi, y, como al parecer la convalecencia va a ser larga...

Canelo: ¡Vaiga por Dios! ¡Y yo que pensé que esa muyer diba a morise...!

79

Panoyo: No, home, no. Esa muyer ye suegra de la mi fía... les suegres duren toes más que un Longines. Pero bueno, a lo que diba. Deja a Pedrín en paz. Ahora, si non fuera po la fía, ya non me importa que venga ni que vaiga. Toy tan contento. ¡Soy tan feliz!

Canelo: ¡Huy! ¿Qué i pasa, hom?

Panoyo: ¡Lo que tenía que pasar!

Canelo: (¡Esti paisanu tá abarrenau!)

Panoyo: Nunca sentí una alegría tan grande como la de ahora. Qué ganes tengo de que pase un año. ¡Ya verás, Canelín, ya verás! Pero trabaya, mangante.

Canelo: ¡Ya trabayo, hom, ya trabayo! ¿Pero que diaños i pasa que paez que tien la llétrica?

Panoyo: Lo más grande que me podía pasar. ¿Acuérdeste de lo contento que me puse cuando pensaba que diba a quedase el xerno co la fía y comigo? Bueno, pos toy más contento ahora.

Canelo: Pero...

Panoyo: Pero... ¡trabaya!

Canelo: Ye que taba mirando pal su xerno, que tá segando nesi praín de al lao...

Panoyo: Pos entós voy a velo. Quiero que sepa lo que pasa. *(Iniciando el mutis por la izquierda)* ¡Va a ponese más contento! Pero, trabaya, ¿eh? Subiréte el sueldo, si quies, y pagaréte hores extraordinaries. Además, ya sabes que me debes la tu felicidá. En cuando pongáis en prática lo que vos dije... pa ti será Carmina.

80

Pero espabílate. Pasé muches hores haciendo el vago y quiero recuperar ahora les perres que dejé de ganar.

Canelo: A costa del mi trabayo… po lo que se ve.

Panoyo: Del de los dos. Y si non te convien… disvíes. *(Haciendo mutis por la izquierda)* ¡Pedrín! ¡Pedro! Aspera, que tengo que decite una cosa. *(Mutis rápido diciendo)* ¡Cuándo sepa lo que pasa!…

Escena II
Carmina y Canelo

Canelo: Cóime… ¡Cómo se puso! Pero… ¿qué pasará? ¡Porque pa que el Panoyo tenga ganes de trabayar!…

Carmina: *(Por la puerta de su casa)* ¿Hables solo, Canelo?

Canelo: No. Hablo comigo mesmo.

Carmina: Home. ¡Ye igual!

Canelo: No. Igual, no. El que habla consigo mesmo, habla col su pensamiento.

Carmina: Entós hablabes comigo, ¿eh?

Canelo: ¿Contigo?

Carmina: Sí. ¿Non soy yo el tu pensamiento?

Canelo: En esti momento, no.

Carmina: ¿Quién ye entós?

Canelo: El Panoyo.

Carmina: ¿El Panoyo? Pero… ¿quieslo más que a mí, hom?

81

Canelo: Home... ¿Qué tendrá que ver la querencia co la pensancia?

Carmina: Mucho. Siempre se piensa en lo que se quier.

Canelo: Menos cuando pienses ensin querer o quies ensin pensar. Porque la pensancia ye cosa de la cabeza y la querencia naz nel corazón. Y aunque a veces se mezclen y se confunden, en la mayoría de los casos viven deseparades.

Carmina: ¡Cuánto sabes!

Canelo: En el mi corazón tás tú siempre y en el cránio casi siempre, pero non siempre. Y como el Panoyo no apara estos días con que hay que trabayar, aquí me tienes, cavila que te cavila, buscando el motivo del cambio

Carmina: ¡Ah! *(Pausa)* ¿Por qué non levantes un poco a hablar comigo, hom?

Canelo: ¿Y si me ve el amo? No, no. Pero bueno... Tienes razón. Por si vien tu má... convién tar derecho.

Carmina: Mucho mieu i tienes.

Canelo: ¡Cualquiera! Otres muyeres —mi má, por ejemplo— riñen antes de arreate. Pero la tuya, no. Tu má arrea primero y riñe después. Y claro... como del primer golpe ya te dejó ensin conocimiento, non tienes defensa posible. ¡Mira... mira el bulto que me fizo ayer na cabeza!

Carmina: *(Tocándole)* ¡Cóime! ¡Qué bárbaru! ¿Cómo fué?

Canelo: Después del tropiezo que tuvimos con ella al mediodía, taba yo sentadín nesta tayuela, de espaldes a tu casa, pensando nes cosines dulces que tú me dijeras, cuando de repente... ¡zas!... dióme un leñazo col barredorio que por poco me atonta. Menos mal que tengo la cabeza dura, que si no...

Carmina: Pos poco te va a durar el mieu. Ya i lo dije antes a ella. ¡Yo quiérote a ti sólo!

Canelo: ¡Ey! Y qué, ¿qué te dijo?

Carmina: Ná.

Canelo: Entós... ¿tá conforme?

Carmina: ¿Conforme? Ya, ya... Cogió la escoba y... si non corro, disconformíame. Pero ye igual. Haga lo que haga, y diga lo que diga, yo quiérote a ti sólo.

Canelo: ¿Y el tu primo?

Carmina: Ya hicieron lo que acordamos ayer.

Canelo: ¿Sí? ¡Ay, qué alegría!

Carmina: Sí. ¡Toy más contenta! Porque, antes de una hora, cuando lea la carta el padre y se enteren de too... dejaránnos a tós por imposibles.

Canelo: Por imposibles... y emposibilitaos. ¡Como tu madre nos coja!...

Carmina: ¿Asústaste, cobardón?

Canelo: No, home, no. Pero bueno. ¡Ay!... ¡Van a llevar un susto!...

Carmina: Mejor. Así deprenderán a non metese a arreglar matrenonios a costa de la felicidá de los fíos. Y nosotros, desde hoy, a querenos delantre de tol mundo.

Canelo: Eso... Delantre de tol mundo... menos delantre de tu má.

Carmina: Y delantre de ella tamién. ¿Tienes-i mieu?

Canelo: Home... Mieu... mieu... Pero un pocoñín de respeutu nunca tá de más.

Carmina: ¡Vaya un mozo!

Canelo: ¿Por qué, hom?

Carmina: Porque sí. ¿Non te da vergüenza? ¡Tener mieu a mi má!... Pos mira... O se te quita esi mieu, o non cuentes comigo pa nada.

Canelo: Eso no, Carnina, eso no. Prefiero llevar mil golpes de tu má a pensar que puedes dejar de quereme.

Carmina: Pos entós... anda comigo. Voy hasta casa de mi tía Sunción Quiero que tol mundo nos vea juntos. Así non tardará en sabelo mi má... y dejaránnos en paz.

Canelo: En paz... despés de una batalla de golpes. Pero bueno... viva el amor... ¡aunque cueste averías na cabeza! Eiii... ¡Si supieras como te dolatro...! (*Mutis animado por la izquierda mientras se escucha, lejana, la canción siguiente con música de "Carretera de Avilés"*)

El amor que por ti siento,
morena del alma mía,
es como una rosa fresca
que se abre al rayar el día.
Sal a escuchar mis canciones, morena,

que está la noche clarina y serena.

Canelo: ¡Así ye el amor que siento por ti... paxarina!
(Mutis los dos, por la izquierda primer término)

Escena III
Olvido y Panoyu

Panoyo: *(Por la izquierda, segundo término)* Canelín...
Canelín... ¿Ónde diaños se habrá metío? Les
madreñes como les dejé... la ferramienta nel
suelo... ¡A que marchó co la moza! Pos, como
haiga marchao. *(A Olvido, que entra por la puerta
de la casa de la derecha con un cubo)* Pero... fía.
¿Non sabes que ye malo andar con pesos tando
como tú tás?

Olvido: Home... ¿Tampoco voy a poder ir al agua?

Panoyo: Ya sabes que non puedes hacer esfuerzos.
(Quitándole el cubo) Conque, hala... deja el cubo
en paz. Ya dirá el Canelín a la fuente... o si
no... voy yo mesmo.

Olvido: ¿Usté?

Panoyo: Yo, sí, yo... Porque, aunque sea abogáu,
con tal de evitate un desgusto, soy capaz de
too.

Olvido: ¿Y qué diría la xente?

Panoyo: Lo que quieran. Pero, cuando sepan el por
qué, descubriránse con respeuto delante del
padre más cariñoso del mundo.

85

Olvido: Ya lo sé. Cómo usté no hay otru. Pero déjeme dir a mí. ¿Que pue pasame por traer un cubo de agua?

Panoyo: Muches coses. Y como yo non quiero que te pase ná, non consiento que trabayes. Ya verás como Pedrín me da la razón cuando venga.

Olvido: ¿Pedrín?

Panoyo: Sí, Pedrín. Tá enterau de too. Dijéilo yo antes.

Olvido: Home... ¡Y yo que soñaba con dai la sorpresa!...

Panoyo: Fue mejor así. Porque, aunque la madre siga mal y el trabayo de la sementera no i deje muches hores libres, al saber lo que pasa, non tardará en venir. ¡Púsose más contento! Taba segando nel praín de la Cuesta y, apenas escuchó les primeres palabres, emprencipió a dar saltos, como un neño y echó a correr pa casa llorando y riéndose a la vez.

Olvido: No i extrañe.

Panoyo: Si ye pa volvese lloco, hom. Oye... ¿Qué dirá ahora la suegrona?

Olvido: Yo qué sé. Que diga lo que quiera. ¡Déjela!

Panoyo: Cudiau que ye mala, ¿eh? Porque, lo que te hizo el otru día... ¡Dir a casa a cuidala con tol cariño y echate poco menos que a pataes!...

Olvido: Non se acuerde de eso.

Panoyo: Non puedo olvidalo. Pero bueno. Tienes razón. En les hores alegres non se deben recordar coses tristes. Así que ná... Entra pa casina, siénteste na solana a coser eses coses que non tardaremos en necesitar... y espera la vesita de Pedrín. Dizme el corazón que hoy no puede pasar ensin venir a vete deseguía. Y si ahora, pasando lo que pasa, no arregla el tu asunto de una vez y pa siempre... ¡sabrá quién soy yo!

Olvido: Home... padre...

Panoyo: ¡Sabrá quién soy yo! Y que non se enquivoque. Yo siempre tomé la vida en broma. Pero nesti caso tratase de la felicidá, de la mi felicidá futura... y, o cumple la promesa que me hizo de hacete feliz, o... Pero non te asustes, neña. Él ye güeno, muy güeno... un santín, como tú dices... y hoy mismo borrará, de esa carina de rosa, les [penes] tristes que dejen les lágrimes al rodar. Así que entra pa casa y alegra esos güeyos que vamos a ponenos tristes los dos... y hoy tenemos que pasar el día más alegres que unes castañueles.

Olvido: ¡Padre! *(Mutis casa)*

Panoyo: Fíina del alma... Bueno. Al pensar en la alegría que me espera... bendigo hasta los desgustos de estos días. ¡Soy tan feliz! *(Entra Clazonín por la izquierda. Trae cara de disgusto)* ¡Má! ¿Qué pasa, hom?

Escena IV

Panoyo, Calzonín y Micaela.

Calzonín: Algo terrible... ¡algo terrible!

Panoyo: *(Aparte)* Por lo visto ya disvió la pareja. *(Alto)* Pero...

Calzonín: Ná... que non se puede luchar contra el amor. El amor ye como una riada que arrastra toes les coses que tropieza. *(Sacando una carta)* Toma, lee.

Panoyo: *(Leyendo)* "Marchome de casa pa non volver más. Usté tien la culpa, padre. Yo quiero a esa moca... moca..."

Calzonín: Moza. ¿Non ves la 'ce'?

Panoyo: Ye verdá. Non me fijaba. "Yo quiero a esa moza con locura y con toa el alma, y determino fugame con ella. Adiós. Hasta la suya. Su hijo que lo es y verle desea, Lalo Pérez y García"

Calzonín: ¿Qué te paez la carta, Panoyo del alma?

Panoyo: Que se conoz que nunca trabayó en una oficina.

Calzonín: ¡Diz que hasta la mía y que tien ganes de veme! Como si yo supiera ónde tá.

Panoyo: Tate bien empleao. Por aforrar unes pesetes, que diba a cobrate yo po les particiones, quisiste estropiar la felicidá del fío y...

Calzonín: Tienes razón. Tienes razón... Pero... si supieras lo que sufro ahora... Y oye una cosa, hom. ¿Qué me aconsejes que haga?

Panoyo: Nada.

Calzonín: ¿Nada?

Panoyo: No, nada. ¿Qué quies facer? Además… non mereces que te aconseje. Entre tú y Micaela anduvistéis desacreditándome pol pueblo y…

Calzonín: Home… Yo non dije ná.

Panoyo: Pero díjolo la otra porque tú i dijiste lo que no i debías de decir. Así que…

Calzonín: Por Dios, Panoyín. ¡Aconséjame! Mira… Si me ayudes a solucionar l'asunto, como la boda del mi neño con Carmina ye imposible, nombraréte representante otra vez.

Panoyo: Bueno. Nesi caso… ayudaréte. Pero muncho cudiau co los cuentos, ¿eh? Porque uno tien una carrera y un crédito y no hay derecho a calunialo. Así que ya sabes.

Calzonín: Descuida. Seré mudo. ¡Pero ayúdame a salir de este trance! ¡Non to arrepentirás!

Panoyo: Tate tranquilo. Non tardará en aparecer el tu neño. Porque… claro… él non se fugó pa non volver. Él, si marchó de casa, fue pa que vieras que non se puede torcer a los fíos cuando siguen una caleya determinada en direución al matremonio. ¿Non me viste a mí? Yo… solo, ensin más fíos que la fía… y dejéla marchar pa otra cama. Pero quiero más eso que non que pudiera decir que, por culpa de la terquedá del padre, non había encontrao la felicidá. Pero ná… non te apures.

Calzonín: ¡Si supieras lo que sufro…!

Panoyo: Ya te pondrás contento, calla. ¿Llevaben perres?

Calzonín: Poques. Cuatro duros que me robó del bolso del chaleco.

Panoyo: Home... Entós... volverá pa casa antes de almozar. Porque, con venti pesetes, non tienen ni pa comer una chuleta cá uno. Así que non te preocupes. Precisamente tengo yo que dir a la villa a registrar nel Registro les particiones que i fice al molinero... y enteraréme del rumbo de Lalo. Tate tranquilo. Traerételo... pero con una condición. Tienes que dejai casase con Susa.

Calzonín: Sí, home, sí. Despúes de lo que pasa... *(Entra Micaela por la izquierda. Viene que bufa)*

Escena V
Dichos, y Micaela.

Micaela: *(Al Calzonín)* ¿Vístelos, hom?

Calzonín: Home... ¡Si los viera, non se fugarían!...

Micaela: Pero...

Calzonín: Micaela... Estropiósenos la combinación. Non se puede con ellos.

Micaela: Ay, pero... ¡Ay, qué me va a dar algo! ¿Fugaronse, hom?

Calzonín: Sí, hoy por la mañana.

Micaela: ¡Si los acabo de ver!

Calzonín: ¿Ónde?

Micaela: Ahí alantre, junto a casa del Manilu. ¡Ay, qué zurra i-os voy a dar cuando lleguen!

Calzonín: Cudiau, ¿eh? Eso sí que no. Al mi rapaz pegoi yo sólo.

Micaela: Al tu fío, sí. Pero a la mi fía…

Calzonín: Home… ¡Qué tendrá que ver la tu neña con la fuga de Lalo!

Micaela: Pero…

Panoyo: Sí, hom. El que se fugó fue el fíu de esti co la moza.

Micaela: ¡Ay, gracies a Dios!

Calzonín: ¡Huy! ¿Alegreste, Micaela?

Micaela: ¿Alegrame? ¡Tú tás lloco!

Calzonín: Como dijiste 'gracies a Dios'…

Micaela: Gracies a Dios que non fue Carmina la de la fuga. Como la acabo de ver col criau de esti… Pero ye igual. En cuanto llegue, ciérrola en casa, y cuando el tu fío venga de esa luna de miel, a casalos.

Calzonín: Eso sí que no. El mí fíu tien que cumplir. Casaráse co la moza que marchó con él. Y en cuanto a la tu fía, allá tú… Lo único que tienes que precurar ye que non se fugue tamién. Porque… Pero bueno, déjovos. Ya volveré dentro de un pocoñín por si la fia de ésta sabe algo.

Panoyo: Vuelve, sí, que pa entós… a lo mejor… *(Aparte a Calzonín)* Y ya sabes… en cuanto quieras emprecipiar col asunto de les particiones…

Calzonín: Ya te avisaré, descuida. ¡Si te hubiera hecho caso siempre!… *(Mutis izquierda)*

91

Panoyo: ¿Non te lo decía yo, Micaela? Contra el amor non se puede. Hay que dejar a los fíos que sigan el su camín.

Micaela: Qué quies, ¿rite a costa de les mis perres?

Panoyo: Home... Paez mentira que pienses eso. Vecinos de toa la vida... co la confianza que siempre tuvimos... Además que, respetive a les particiones, tás equivocá. Yo si vos hablé de decomentos, fue pa que el otro cogiera mieu y non te llevara al juzgao.

Micaela: Que i metieras mieu al otro, pase. ¡Pero, a mí...!

Panoyo: A ti non yera mieu lo que quería metete; yera precaución. Les muyeres vaisvos con frecuencia de la lengua y nestos casos convien callar. Como la boda de la tu fía con Lalo ya non pue ser, si quies que te ayude nes particiones...

Micaela: Co les mis perres non te rís. ¡Ya lo sabes!

Panoyo: Home... ¡Quién habla de perres! Mira... Tengo hoy una alegría tan grande... tan grande... que, pa que tú participies en ella, toy dispuesto a trabayar gratis pa ti... si prometes dame una propina.

Micaela: Home... ¡Entós non ye gratis! Pero bueno... Si ye así... non tengo enconveniente. Serás el mi abogáo. Pero... oye una cosa. ¿Por qué tás tan contento?

Panoyo: Voy a tener un nieto, Micaela... ¡Un nieto!

Micaela: ¡Un nieto! Ay... Bueno. Dasme una alegría... ¡Un nieto! Bien contento puedes tar, porque, además, pasando lo que pasa, non tardará en arreglase el asunto de la tu neña.

Panoyo: Eso espero. ¡Ay, qué ganes tengo de que pase un año! Y déjote. Ya hablaremos después del asunto de les particiones. Ahora voy a hacer algo. Desde que sé que non voy a tardar en tener un heredero, yo, el paisano más vago del mundo... ¡siento hasta ganes de trabayar! *(Mientras hace mutis por la izquierda primer término)* Nietín del alma...

Micaela: Un nieto... ¡Ay! Por primera vez en mi vida siento envidia del Panoyo. Un nieto...un nieto... *(Mutis casa)*

Escena VI
Olvido y Pedrín.

Olvido: *(Cantando dentro de su casa)*

Duérmete, neño mío,
duérmete, cacho cielo,
duérmete, que el tu sueño
con esta añada velo.
Duérmete...
Duérmete, neño mío,
duérmete!
Del rosal de mi alma
yes el tierno capullo;
duérmete, cielo mío,
que tu sueño yo arrullo...

93

(Entra Pedrín por la izquierda)

Pedrín: La añada que me cantaron de neño...

Olvido: *(Cantando dentro)*

> Duérmete, neñín mío,
> duérmete...

Pedrín: ¡Olvido! ¡Olvido!

Olvido: ¡Pedrín! *(Saliendo y abrazándolo)*

Pedrín: ¡Huy! ¿Llores, hom? Y yo que esperaba encontrate más contenta que nunca...

Olvido: Tamién la felicidá haz llorar, Pedrín. Pero non ye sólo la felicidá lo que llena los mis ojos de lágrimes. Dame una pena pensar que cuando nazca el neño vamos a seguir separaos...

Pedrín: Calla... Non te apures... Hoy, pase lo que pase, acabóse la nuestra separación.

Olvido: ¿De verdá, Pedrín?

Pedrín: De verdá. No aguanto más. Dentro de unos momentos llegará mi má y...

Olvido: ¿Tu madre?

Pedrín: Sí, mi madre. Dijei lo que pasaba, y emprecipió a llorar como una neña. Y como ya tá casi bien del tó y quier vete a toda costa, salió cuando yo de casa. Pero como hoy les piernes míes niéguense a andar depacio, dejéla atrás. ¡Tenía tantes ganes de vete!... Pero alegra esa cara, muyer, que, en cuanto llegue mi má, delantre de ella y de tu pá, repetiré lo que acabo

94

de decite; que hoy acaba la nuestra separación. Non toy dispuesto a que sufras más.

Olvido: ¡Pedrín!

Pedrín: Aguanté estos días non sé por qué. Taba mi madre enferma y una madre ye siempre una madre. Pero ahora que tú y yo semos casi tres... non quiero volver a ver otra lágrima nesos güeyinos de cielo. *(Pausa)* Un neñu... ¡La ilusión de mió vida! Un neñu...

Olvido: O una neña.

Pedrín: No. Un neño. Tien que ser un neño. Un Pedrín sonrosao, co los güeyinos tuyos y fuerte pal trabayo como yo. Unos bracinos gordos que se me pongan de collar cuando llegue a casa... y una boquina fresca que busque la mi cara co la luz de un beso. Unes rises y unos lloros que sonarán siempre mezclaos como campanines primaverales.

Olvido: ¿Y si ye una neña?

Pedrín: ¡Será un neñu, cóime! ¡A ver si reñimos!... Pero non te enfades. La neña vendrá después, y será una Olvidina galana y sandunguera que, cuando sea moza, va a traer de cabeza a tós los rapazos de Aldeaclara. Porque va a ser más guapa que tú, ¿eh?

Olvido: Sí, mucho más.

Pedrín: Y después de la neña, otru neñu. Y después...

Olvido: ¿Más tovía, hom?

Pedrín: Sí, más tovía. Muchos. Una docena lo menos. Y van a ser toos más guapos...

Olvido: ¡Pedrín!

Pedrín: Pero bueno. Tás aquí al aire... y non te va a convenir coger frío. Anda, anda pa casa.

Olvido: ¿Tamién tú, Pedrín?

Pedrín: Non te extrañe, neña del alma. Siempre te quise con locura y siempre miré po la tu salú como por el mayor tesoro del mundo. Pero, ahora, al saber lo que pasa... tengo que cuidate más.

Panoyo: *(Por la izquierda, primer término)* ¡Má! ¿Tás aquí, Pedrín?

Pedrín: Sí. ¡Quién se aguantaba ensin venir!...

Panoyo: Tarás bien contento, ¿eh?

Pedrín: Home... Figúrese. Non sé ni lo que me pasa. Nunca tuve tan contento como ahora.

Panoyo: Ya lo sé. Pero como esta alegría nuestra tien pol medio espines de dolor... hay que arrancales hoy mismo.

Pedrín: Descuide. Ya i lo dije a Olvido. Hoy, pase lo que pase, arréglase el nuestro asunto.

Panoyo: Eso espero. Porque... si no... si vais a seguir como hasta ahora... si la fía va a continuar siendo una mártir... jurote que vas a arrepentite pronto. Too lo perdono nesti mundo; too... menos que alguien haga sufrir a la mi fía. Non tengo padre, ni madre, nin muyer... ni más fíos que ella... y pa ella ye tol cariño del mi corazón. Así que, o emprecipia hoy mismo a vivir la vida feliz a que tien derecho... ¡o sabrás quien soy yo!

Olvido: ¡Padre!

96

Pedrín: Déjalo, Olvido. Tien razón. Pero pue tar bien tranquilo. Hoy acabóse la tu pena, Olvidina. Además, dentro de unos menutos tará aquí mi má y...

Panoyo: ¿Tu má?... No ¡Eso sí que no! Un desgusto pa la fía puede ser terrible y no... ¡no!

Pedrín: Non tenga mieu. Hoy dizme el corazón que non reñirá. Además... como lo que va a nacer ye tan nieto de ella como de usté...

Panoyo: Eso sí que no. Será nieto mío sólo. *(Olvido y Pedrín se ríen. Transición)* Bueno, sí, claro... Y de ella tamién. Pero... Bueno. Vosotros díi pa casa. Aquí la espero yo.

Pedrín: Pero...

Olvido: A ver si...

Panoyo: Marchai... marchai tranquilos. Los abogaos siempre fuimos buenos deplomáticos. Si vien en plan de guerra... dará la vuelta pa casa. Pero si vien en plan de paz... serán los mis brazos los que la reciban.

Olvido: ¡Qué güenín ye! *(Mutis con Pedrín por la puerta de su casa)*

Panoyo: Un nietín... ¡Ay! *(A Micaela que entra en escena por la puerta de su casa)* ¡Ya vino Pedrín, Micaela!

Escena VII
Micaela y Panoyo.

Micaela: ¿Sí?… ¿Y qué?

Panoyo: Que hoy mismo se arregla too.

Micaela: Non sabes cuánto me alegro. Porque, además del aprecio que siempre vos tuve… a la tu neña quiérola como una fía. Como casi se crió en mi casa… *(Mirando hacia la izquierda)* ¡Ay! ¡Ay, que i-os voy a romper algo!

Panoyo: ¿A quién, hom?

Micaela: A la mi fía y al tu criau. ¡Pa acá vienen! ¡Míralos, míralos!

Panoyo: *(Mirando)* Cóime… Sabes que… Esos, pa mi idea, piensen que tan nel cine. ¡Qué bárbaro! Ahora que tienes que perdonalos, Micaela. Porque el amor, además de ser ciego, piensa que los demás non tienen vista.

Escena VIII
Dichos, Carmina y Canelo

Carmina: *(Entrando por la izquierda con el Canelo, y sujetando a éste, que intenta escapar)* Espera… espera. Non tengas mieu, Después de lo que pasa, porque nel pueblo non se habla de otra cosa, supongo que ya non pensarán en casame con Lalo… y quiero arreglar lo nuestro.

Micaela: ¡Arreglar! ¡Ya lo creu que te voy a arreglar!

Canelo: *(Aparte)* ¡Ésta desarreglanos!

Panoyo: …Y yo a ti, mal aprendiz. Abandonar el taller, col trabayo que tenemos…

Canelo: Y usté deme la cuenta, si quier. Yo no abandono a Carmina por nada del mundo.

Panoyo: Bueno… Eso, al fin y al cabo… a mí no me importa. Al contrario. Alégrome. Carmina ye una moza formal y trabayadora, y conviente. Pero una cosa ye el cortejamiento, y otra el trabayo. Y como primero ye la obligación que ná… ¡que non se te ocurra volver a abandonar el taller ensin permiso!

Canelo: *(Aparte a Panoyo)* En eso tien razón. Pero… ¿cómo se pon así, si fue usté el que nos aconsejó facer esto?

Panoyo: (Pa desimular, zoquete.) Po lo demás puedes cortejar cuanto quieras y hasta casate, si te paez. Mientres, trabayes…

Micaela: La mi fía non se lava pa un madreñeruco como esti. Merez un mozo de carrera y ha de casase con un endustrial po lo menos.

Carmina: Yo no me caso más que col Canelo.

Micaela: Casaráste con quien yo diga.

Panoyo: Non te pongas así, Micaela. ¿Non ves que pueden hacer lo que el fío del Calzonín y Susa? Además… Tol pueblo tá enterau de lo que pasa, y ningún mozo se va a atrever a decii ná a la tu fía sabiendo que quier al Canelo. Y si ésti, al vete tan geniuda te pesca mieu y se vuelve atrás…

Canelo: No. Eso no. Yo non me vuelvo atrás. Toy namorau como una vaca, mejorando lo presente, de Carmina, y non puedo vivir ensin ella. Pero lo que non voy a querer, si sigue usté así, ye aguantar a una suegra que ya me pega de soltero. Porque usté va a ser una suegra de abrigo.

Panoyo: *(Aparte)* De abrigu... y cobertor, que abriga más.

Carmina: ¿Ve, hom? ¿Ve lo qué puede pasar si sigue tan terca?

Micaela: ¿Qué quies, salir co la tuya? Pos no, no y no.

Carmina: Pos sí, sí, sí. Porque yo, aunque usté se oponga, casaréme col Canelo. Y si usté sigue así... el día menos pensau, ráptolu.

Los Otros: ¿Eh?

Carmina: Sí. Ráptolu, ráptolu, ráptolu.

Panoyo: ¡Como tá el mundo!

Micaela: ¡Tú qué dices, fía?

Carmina: Que lo rapto pa que non tenga más remedio que casase comigo. Como nel cine.

Canelo: Pos comigo películes no, ¿eh? Por si acasu.

Micaela: Ni yo lo consentiría.

Carmina: Huy. Pero, ¿qué pensáis que ye raptar?

Canelo: Ná güenu.

Carmina: Raptar ye lo que hizo Lalo; robar un mozo a una moza, o al revés. Y como el Canelo non ye capaz de robame a mí...

Canelo: Ni a ti ni a nadie. Yo soy honrau. *(Entra Calzonín)*

Carmina: Tamién yo lo soy. Pero robaréte. Ya verás. Después depositote en cualquier sitio... como va a hacer Lalo con Susa, y ya non tendrán más remedio que casanos.

Micaela: ¿Casavos?

Escena IX
Dichos y Calzonín.

Calzonín: Aprende de mí, Micaela. ¿Non ves lo que me pasó? *(Carnima y Canelo se hacen señas de inteligencia)* ¿Qué? ¿Supiste algo, Panoyo?

Panoyo: No. Pero ya se sabrá, non te apures. *(A Micaela)* Sí, Micaela, sí. Además... El Canelo ye un rapaz de provecho. Cierto que non ye rico, ni trabayador, ni aplicao, ni inteligente, ni espabilau, ni dispuesto...

Canelo: *(Aparte)* ¿Qué seré entós?

Panoyo: Pero tien un alma de oro.

Micaela: Si tuviera la cartera...

Panoyo: Anda, anda... No seas egoísta. Alegra esa cara y déjalos seguir el su camín. Claro que ye triste casar una fía. Pero tú non te asepares de ella. Y luego... ¿sabes lo que ye esperar la llegada de los nietos, hom? Los nietinos... les rises... los lloros... les moyadures que uno pesca por garralos nel cuello... *(Micaela sonríe)*

Canelo: Mira, Carmina, ya sé rí.

Calzonín: Sí, Micaela, sí. Déjalos casase. Si yo supiera lo qué diba a pasar...

Panoyo: Lo tuyo tamién se arreglará, hom. Non te desesperes. El tu fíu volverá deseguía y...

101

Carmina: No. Non volverá.

Calzonín: *(Angustiado)* ¿Qué non volverá?

Panoyo: Pero...

Calzonín: ¡Ay! Eso me faltaba.

Micaela: ¿Entós?...

Carmina: Que non vuelve... porque non marchó.

Calzonín: ¿Ónde ta entós?

Carmina: En casa de la güela. Y la moza nel molín. Too fue tramau po los cuatro pa que vieran ustedes que non pue ser el casar a la xente a la fuerza. Pero, como sigan oponiéndose, fugaremonos de verdá.

Calzonín: Ay, qué alegría me das, neña del alma. Gracies. Ahora mesmo voy a buscalo... y que se case cuando quiera.

Micaela: Entós, ¿vuelveste atrás, hom?

Calzonín: Claro, Micaela... Después de lo que pasó... Bueno. Ya hablaremos mañana más despacio. Ahora voy a ver al mi fíu. Tengo unes ganes de abrázalo... *(Mutis izquierda)*

Panoyo: *(Haciéndole signos significativos)* Sí, marcha, marcha. Ya hablaremos mañana. *(A Micaela)* Y tú, Micaela, a perdonar a éstos. ¿Non ves cómo te miren?

Micaela: Bueno. Como non queda otro remedio, que se casen.

Carmina: Mamina...

Canelo: ¡Viva mi suegra!

Panoyo: (Particiones tengo.)

Carmina: Bueno. Esto ye pa volvese lloca. *(Avanzando hacia Canelo)* ¡Canelín de mi vida!

Canelo: ¡Carmina del alma!

Micaela: Dejai les fiestes porque...

Panoyo: Sí, pueden aguase.

Carmina: Si ye que non sé lo que me pasa, hom. Poder querer al Canelo a la vista de tol mundo... Canelín... Encantu... Cielu... Bueno. Esto merez un poco de juerga. Y como tengo en casa un litrín de jerez envejecío... vamos a bebelo. ¡Cuando mejor!

Panoyo: Eso, eso... Tengo mucho que facer, pero como el Canelín ye un as en eso de les madreñes, quedará aquí trabayando mientres los demás bebemos.

Canelo: Home...

Carmina: Eso sí que no. Si falta el mi futuru... Y usté, má, alegre esa cara. Ya verá que felices vamos a ser los tres. *(Mutis con el Canelo por la puerta de casa de Micaela)*

Canelo: ¡Viva mi suegra! *(Mutis)*

Panoyo: El que se va a arrepentir ye el Canelo. ¡Menudo choyo i espera! *(Alto)* Pero ríte, muyer, y alegra esa cara, ¡que paez que vas a un entierru, y no a festejar una boda próxima! ¿Non me ves a mí? Yo pierdo un criau bárbaru... y sin embargo...

Micaela: Sí, pero un criau non ye una fía.

Panoyo: Ye verdá, sí. Claro... Pero bueno. Ya lo discutiremos después. Ahora lo interesante ye que hay una botellina desencorchada... y si perdemos tiempo descutiendo, van a bebénosla toda. Y como yo no me puedo entretener mucho, porque aspero una visita, entraremos. *(Entrando en casa de Micaela)* ¡Vivan los novios! *(Mutis)*

Micaela: Tener que consentir que esi madreñeru sea el mi nuero... Pero bueno. Si ye gusto de ella... *(Mutis casa)*

Escena X
Juana Olvido y Pedrín. Luego el Panoyo.

Juana: *(Por la izquierda. Avanza temblorosa hasta la casa del Panoyo, y llama a la puerta)* Pedro... ¡Pedro...!

Pedrín: *(Entrando en escena con Olvido)* ¡Madre!

Juana: *(Abrazando a Olvido)* Olvido... Olvidina... Fía... ¡Fía del alma!

Panoyo: *(Por la puerta de casa de Micaela, limpiándose los bigotes con el dorso de la mano)* ¡Si me descuido!....

Olvido: ¡Madre!

Juana: Fía, fíina...

Panoyo: (Y que tenga cara a presentase aquí...)

Juana: Fíina. Perdóname... De rodilles te lo pido. *(Intenta arrodillarse)*

Olvido: *(Impidiéndoselo)* Por Dios... ¡Levántese!

Juana: Di antes que me perdones. Sin el tu perdón non puedo vivir. Ya sé que non lo merezco. Portéme muy mal contigo, muy mal. Fícete sufrir mucho. Y pa colmo de males, el otru día, cuando dibes a cuidame, en vez de abrite los brazos, echéte de casa poco menos que a pataes. Fui mala... muy mala. Non merezco el tu perdón. Pero tienes que perdoname, santina. ¿Perdonesme?

Olvido: ¿Y preguntalo siquiera, hom? ¿Cómo non la voy a perdonar si ye madre de Pedrín y madre mía tamién?

Juana: Eso, eso. ¡Tu madre! ¡Tu madre!... Y tú la más fía de toos los fíos porque yes la madre del nietín que espero. Fía, fíina...

Olvido: ¡Madre!

Juana: Un nietín, Panoyo.

Panoyo: O dos.

Olvido: Home, pá... Non diga burraes.

Panoyo: Pos danse casos. Pero, bueno. Un nietín... o dos... o una nietina y un nietín, o una nietina sólo, el caso ye que non tardaré en ser güelu. Y como non quiero selo co la fía triste, ahora mismo vamos a arreglar el asunto de éstos.

Juana: Tienes razón. Non pueden seguir así.

Panoyo: Pos oíme tós. Y que conste que ahora non va a hablar el Panoyo que todos conocéis. No. Yo siempre fui poco serio y bastante egoísta. Reíame de tó, y sólo pensaba na ni conveniencia. Pero nesti caso, al pensar en el nietín del alma que va a alegranos a tós co la su risina de anxelín, sólo quiero que la fía sea feliz pa que el neño nazca sano y rebusto. Y por eso... oíme, rapazos. Tenéis que juntavos hoy mismo. Si queréis aquí, aquí. Si queréis alquilar una casa y vivir independientes, tamién tenéis el mi permiso. Y si Juana me da palabra de que non volverá a ocurrir lo que ocurrió, marchai pa allá. Yo nada vos digo.

Pedrín: Tú... ¿qué dices, Olvidina?

Olvido: Yo... lo que tú quieras.

Pedrín: Pos yo... Si no hay más remedio... quedaréme aquí. Pero ya sabes lo que pasa en mi casa. Si falto de ella...

Juana: Olvidina... ¡Vuelve pa comigo!... ¡Serás pa mí la más querida!

Olvido: Pos si ye así...

Panoyo: *(Con el alma rota, pero feliz)* Sí, fía, vuelve pa allá y que seas too lo feliz que mereces. Pero bien entendío, Pedrín. La mi Olvido, si va con vosotros, ye pa ser querida y respetá por todos, porque, si vuelve a repetise lo de la taza'l gatu...

Juana: Non me recuerdes esa vergüenza, Panoyo, y tate tranquilo. La tu neña lleva nes sus entrañes la mi ilusión de vieyina... ¡y, ay, de quién intente hacei sufrir! Además, les mis neñes, sabiendo lo que pasa, fueron les primeres que me mandaron venir a pedite perdón.

Panoyo: Pos si ye así... por segunda vez te la entrego. Pero cuídamela bien, ¿eh?

Juana: Sí, hom, sí. Ahora ya non ye la nuera; ye la madre del mi nieto. Y yo, desde hoy, non seré nunca más la suegra gruñona que fui; seré la güelina que canta alegre, col nietín nos brazos, una de aquelles añaes tan dulces que todos escuchamos de neños. ¿Non véis toos el cariño con que la abrazo? Fíina, fíina del alma... *(El*

106

Panoyo se aparta de los demás para limpiarse disimuladamente una lágrima)

Olvido: *(Abrazándolo)* Padre... ¿Y usté?

Panoyo: Yo... yo... Ná, boba. Non te apures.

Olvido: Quedar tan solo...

Juana: Que venga pa con nosotros.

Panoyo: No, no. Tú y yo díbamos a pasar la vida riñendo y... No, no.

Olvido: Pero quedar tan solo...

Panoyo: Non quedo solo, fía del alma. Quedo con la alegría de saber que yes tú feliz. ¡Pa que quiero más compañía! Además... como vivimos tan cerca, toes les tardes daré un paseín hasta tu casa, besaré al neño cuando nazca, haré que duerma nos mis brazos al son de un cantar... y cuando vaiga siendo mayor vendrá a faceme compañía muches hores mientres yo trabayo. Porque... eso sí, desde ahora nadie va a trabayar más que yo. Quiero juntar perres pa que el mi nieto sea un abogáo de corbata y bufete, que sepa más que tós los chupatintas de la villa. Porque en listu va a salir a mí, ¿eh?

Olvido: Pero... ¡quedar tan solo!

Panoyo: Non te priocupes, fía. Seré el más feliz de los paisanos sabiendo que tú non tienes penes. Y ahora, pa festejar el próximo nacimiento de mi nieto voy a convidavos. Pero con una condición, querida consuegra.

Juana: ¿Cuála?

Panoyo: Que tienes que echar la casa po la ventana na próxima ceremonia.

Juana: ¿En qué ciremonia?

Panoyo: ¡Na del bautizo, muyer! ¡Na del bautizo!

TELÓN RÁPIDO

FIN DEL SAINETE

Este libreto está depositado
en el Museo del Pueblo de Asturias,
y pertenece a los fondos, allí depositados,
de José Manuel Rodríguez 'El Playu'